Frédéric H. Fajardie

Frédéric H. Fajardie est né le 28 août 1947 à Paris. Son premier roman, *Tueurs de flics*, publié en 1979, remporte un succès immédiat tant auprès des lecteurs que de la critique : il marque le début des aventures du commissaire Padovani, que l'on retrouve notamment dans *Patte de velours* (1994) et *Polichinelle mouillé* (1996) – publiés aux Éditions de la Table Ronde, dans la collection « La Petite Vermillon ».
Auteur prolifique, Frédéric H. Fajardie est l'un des maîtres du néo-polar. Il a écrit pas moins de 20 romans, plus de 300 nouvelles, des pièces radiophoniques et des dialogues de films et de téléfilms, sans oublier des articles et des chroniques dans la presse.
Il vit actuellement à Paris.

FULL SPEED

FRÉDÉRIC H. FAJARDIE

FULL SPEED

ÉDITIONS DES ÉQUATEURS

ISBN : 2-266-14909-1

À FRANCINE.
À JÉROME F. GOUDEAU.

Il ne dépend que de vous de ne pas être vaincu, mais la possibilité de vaincre vous est fournie par l'ennemi lui-même.

S'assurer contre une défaite implique une tactique défensive ; la capacité de défaire l'ennemi signifie prendre soi-même l'offensive.

Traité militaire chinois.

1

Vendredi 1er novembre. Toussaint. Température : chute de 0 à – 5 degrés. Demandeurs d'emplois : 2 371 504. Bourse : pas de cotations. Grèves : « sauvages » et partielles dans le secteur public.

1er jour...

C'était une nuit d'automne froide, venteuse. Une pluie fine et glacée tombait en oblique sur Paris et, pour ajouter à cette désolation, un brouillard tenace estompait les quais de la Seine.

Sous le pont du RER, les très rares passants avançaient tête basse, cols remontés, parapluies inclinés vers l'avant, comme s'ils allaient au combat contre les gouttes. Quelques voitures roulaient à vitesse réduite, essuie-glaces à tout va. Les conducteurs gardaient le pied sur la pédale de frein.

Le vent violent arrachait aux arbres leurs dernières feuilles. Elles tournoyaient follement, montaient quelquefois en gracieuses spirales et retombaient sur le pavé gras et humide.

*

Indifférent au froid, l'homme progressait en rampant, plaçant ses charges tous les cinq mètres, exclusivement du même côté des rails.

Il travaillait avec beaucoup d'attention, moins par crainte d'être volatilisé par une explosion prématurée que par amour du travail bien fait. Il était en effet précis, rapide, efficace. On oserait presque dire « talentueux » s'il ne s'était agi du plus redoutable terroriste qui s'attaquât jamais à ce pays. Mais ces qualités, auxquelles on aurait pu ajouter une dizaine d'autres, il les possédait déjà lorsqu'il était sorti parmi les tout premiers de l'école militaire de Saint-Cyr-Coëtquidan avec la certitude de fêter ses étoiles de général avant ses cinquante ans.

Les circonstances, cependant, en avaient décidé autrement et il était lieutenant-colonel affecté aux Services spéciaux lorsque sa vie avait basculé.

L'homme, qui s'appelait autrefois Klement Malinovski, rampait entre les rails du RER. Progressant avec régularité, il ne s'attarda pas davantage à l'évocation de son tumultueux passé qu'à la contemplation du paysage pluvieux.

Vêtu d'une tenue de combat gris-vert, il était coiffé d'un casque en Kevlar avec support pour lunette de visée nocturne PVS-7 B et micro pour communication radio dont l'antenne était assujettie à l'épaule gauche. Sur son gilet pare-éclats également en Kevlar courait un câble pour télémètre au-dessus duquel il avait fermé un blouson pare-éclats. À l'épaule droite, il portait une carabine M 4 calibre 5,56 mm avec lance-grenades de 40 mm, lunette de visée et télémètre laser. Au ceinturon étaient suspendus un Beretta 9 mm, un poignard de combat, des munitions, six grenades à fragmentation et un système de désignation de cibles laser. Enfin, dans son sac à dos, voisinaient le générateur alimentant la radio et les lunettes de visée nocturne ainsi qu'un très curieux explosif.

Curieux, le mot est faible. Le lendemain, les chimistes du laboratoire central de la police judiciaire allaient en désespérer. Habitués à identifier des bases de C 4 ou de nitroglycérine, ils s'en remettraient aux hypothèses : sans doute un liquide binaire. Inoffensifs lorsque isolés, les composants donnaient lieu à de formidables explosions après mélange réalisé par un ingénieux système de valves, de conduits et de petites pompes.

Une fois armée, la bombe était déclenchée à partir de n'importe quel détonateur courant, du réveil au téléphone cellulaire.

Klement Malinovski cessa sa progression et murmura dans le micro :

— Ambre Gris à Base : tout est OK ?

La voix, assez grave, s'exprimait en arabe et c'est dans cette langue qu'on lui répondit :

— Ici, Base : tout est parfaitement OK, Ambre Gris.

Base s'appelait en réalité Watban Kazar. Spécialiste du sabotage et du contre-terrorisme, il avait été colonel dans la Garde républicaine, arme d'élite du régime de Saddam Hussein en Irak. Sur ordre du Raïs, il avait au dernier moment démantelé les pièges mortels tendus aux Américains et quitté Bagdad dans les heures précédant la chute de la capitale. De là, par le vol JZ 1953, il avait quitté l'aéroport de Stockholm Arlanda, départ 7 h 55, arrivée à Dublin à 10 h 15. Malinovski l'attendait en souriant.

Pour le moment, il était au volant d'une grosse Hyundai Sonata, aussi massive et luxueuse — mais moins voyante — qu'une Mercedes. Dans sa poche droite se trouvaient un passeport « officiel » libanais et à sa ceinture un colt Commando calibre 5,56 mm en dotation chez les Bérets verts de l'US Army.

Il entendit Ambre Gris lancer :

— Ambre Gris à Bleu de Cobalt : tout est OK ?

Une voix chaude et agréable répondit en arabe :

— Tout est OK, Ambre Gris : rien à signaler si ce n'est des souris sur le réseau du RER français.

Équipé comme Malinovski, l'homme à la voix agréable attendait tapi sur le ballast de la station Kennedy-Radio-France et s'appelait Mahmoud Tabaqjili. Lui aussi possédait un passeport libanais et, comme Malinovski dans l'armée française ou Watban Kazar dans la Garde républicaine, il avait été colonel. Instructeur en chef du service « destruction » des forces spéciales irakiennes, diplômé d'une prestigieuse académie militaire de l'ex-Union soviétique, il avait quitté Bagdad deux heures avant l'arrivée des premiers éléments américains, après avoir reçu l'ordre étrange, émanant du Raïs en personne, de ne rien tenter contre l'envahisseur.

Après avoir jeté sans regrets son uniforme couvert de décorations dans un caniveau de la capitale et s'être changé dans un char d'assaut d'un régiment d'élite, il s'était mis au volant d'un vieux 4 × 4 pick-up Hi-Lux Toyota et avait fui le pays avant de gagner l'Irlande via la Suède. Malinovski l'attendait à l'aéroport.

Les trois hommes ne travaillaient pas pour la cause arabe. Ils ne luttaient pas pour la révolution, qu'elle fût islamique, bolchevique ou nihiliste. Certains avaient peut-être cru en ces choses, jadis, mais ils étaient à présent imperméables à toute idéologie existante ou ayant existé dans le temps et l'espace.

Réunissant une exceptionnelle somme de connaissances et de savoir-faire, les trois colonels travaillaient pour une association strictement privée : eux-mêmes.

Cependant, si Malinovski se trouvait au-delà de toute illusion ou ambition, les deux autres éprouvaient un certain plaisir à la perspective d'occuper d'ici peu, fût-ce anonymement, la première place dans les journaux télévisés du monde entier.

Une vanité dont ils n'étaient pas tout à fait dupes, car c'eût été une faiblesse, mais peut-être aussi, de manière plus inconsciente, la résolution de certains problèmes existentiels qui poussent les hommes à vouloir entrer dans l'Histoire.

« Rêve de midinette ! » songeait Malinovski auquel tout cela n'échappait pas.

En attendant, ils savaient se donner les moyens de leurs ambitions en réalisant un premier attentat — d'autres suivraient — d'une étourdissante efficacité quant au résultat et d'une grande pureté dans la manière...

2

Le corps, nu, était étalé sur une table bancale au vernis effrité, seul meuble, au demeurant cafardeux, dans ce grand hangar vide et glacé de Vitry-sur-Seine.

Je ne peux nier que j'avais, la veille, un peu forcé sur le vermouth blanc, le chiaretto et la grappa mais ce cadavre me parut tout de même assez bizarre. Au début, tout allait bien : la tête coupée puis le tronc. Des choses pas très normales et pourtant assez classiques dans le boulot. Mais, après, on voyait deux jambes à la place des bras et ceux-ci à la place de celles-là, le tout adroitement découpé à la meuleuse.

Un côté puzzle pour débile léger et, à mes yeux, une entreprise à peine drolatique.

— Si on avait été conçu comme ça, je crois que je me serais flingué à la naissance !... lança d'un ton critique le commissaire principal Hautes-Études[1], mon adjoint, ainsi surnommé lorsqu'il nous était arrivé il y a un certain temps déjà tout jeune diplômé.

1. Cf. *Tueurs de flics, La Théorie du 1 %, Le Souffle court, Polichinelle mouillé, Patte de velours* (La Table Ronde, coll. « La Petite Vermillon »).

— On aurait les mains plus proches des parties nobles !... remarqua le capitaine Primerose[1], seul survivant de l'équipe initiale formée en 1975, époque déjà lointaine où Giscard d'Estaing promenait son crâne pâle et à peine duveteux au sommet de l'État.

— C'est très con !... Un crime de Blanc, donc !... fit observer le Duck, un lieutenant d'origine africaine et dont le frère aîné avait été tué à mes côtés.

Voilà pour l'équipe de base. Mais, depuis nos dernières et très mouvementées aventures, la parité aidant, nous nous étions vu adjoindre une jeune femme au reste très attirante, Florence Abramowicz, vingt-quatre ans, blonde peut-être pas tout à fait authentique, tour de poitrine 90 bonnet C, par ailleurs intelligente, infatigable et commissaire stagiaire dans notre équipe d'élite.

Poli, je questionnai :

— Un avis, mademoiselle Abramowicz ?

— L'enfer, patron !

— C'est excessif, mademoiselle Abramowicz. Voyez plutôt l'aspect facétieux de la chose.

— Excessif ?... Mais qu'est-ce donc alors que l'enfer pour vous, Herr Kommissar Padovani.

Cette jolie voix à l'accent germanique appartenait à Ulrike Treshckow, quarante-deux ans, chef de la police criminelle de Berlin, à mes côtés pour quelques jours en raison des échanges européens. Et de la parité. Encore.

Il me fallait répondre. Ce que je fis. Un peu hâtivement, peut-être :

— L'enfer, hein ?... L'enfer, c'est d'écouter une

1. *Ibid.*

chanson du gentil Yves Simon en feuilletant le gentil hebdomadaire catholique *Télérama* tout en opinant à un discours télévisé du gentil François Bayrou. L'enfer, ça pue la fausse bonté jésuitique !

Il y eut un silence.

On aura compris que Padovani, Antonio Corrado Padovani, commissaire divisionnaire à la Brigade criminelle et numéro deux de celle-ci, eh bien, c'est moi. À peu près — mais pas toujours — passé entre les balles depuis plus d'un quart de siècle et rescapé du placard où je fus consigné à moult reprises en raison d'un non-conformisme frôlant, dit-on, l'insolence.

— Qui est ce cadavre baroque ? demandai-je.

Mlle Abramowicz, qui fleurait bon Amarige de Givenchy, feuilleta un élégant calepin à couverture de cuir rouge griffé Hermès :

— Il se nommait Roger Poitreneau. Il dirigeait une société, l'Omnium industriel du Loiret, qui avait un siège social dans la cabine téléphonique d'un très vieux rade de la périphérie d'Olivet, département du Loiret. Mais on trouve également son nom lors de la création de la REMOTA, une société de droit panaméen qui créa elle-même une société immatriculée au Liechtenstein qui acheta une société de droit suisse propriétaire du siège social : une boîte aux lettres dans les îles Caïmans.

À moi, on ne me la fait pas.

— Société REMOTA, hein ?... Eh bien, c'est l'anagramme d'omerta. Bonjour la mafia !... Poursuivez, mademoiselle Abramowicz.

Elle me regarda, je l'avoue, avec une certaine admiration. Je sentis qu'en cet instant j'aurais pu, ma foi, lui demander bien des choses sans qu'elle s'insurgeât.

Elle reprit :

— Il a débuté en 1957 comme journaliste mercenaire pour la presse électorale de l'Union des industries métallurgiques et minières, l'UIMM, un surgeon du peu regretté Comité des forges. Les francs-maçons l'ont discrètement viré de chez eux lors d'une purge anti-affairiste. Il était introduit à la préfecture.

— Maintenant, il va être introduit au Père-Lachaise !... lança une voix.

Je toussotai :

— C'est très instructif, comme toujours, mademoiselle Abramowicz.

Elle rougit sous mon compliment, au reste des plus sincères. Car il est vrai que nous autres, les artistes vieillissants de la Brigade criminelle, ne sommes guère portés sur le modernisme : l'informatique, Internet, la collaboration avec les comptables haut de gamme de la brigade financière ou les scrofuleux d'Interpol. C'est justice que de reconnaître aux jeunes qu'ils ne reculent pas devant... toutes ces horribles choses !

Ulrike Treshckow posa sur moi le regard de ses beaux yeux toujours un peu effarés :

— Qu'est-ce que vous comptez faire, Herr Padovani ?

Ce n'est pas désagréable de sentir qu'on ne laisse pas une femme indifférente, a fortiori lorsque cette inclination est des plus discrètes dans ses manifestations. Cela vous oblige, par exemple, à un constant maintien extérieur — car pour ce qui est du business, je n'entendais en rien changer mes goûts ni mes habitudes.

Je pris doucement Ulrike par le bras, notant avec

plaisir qu'elle tressaillait, puis l'entraînai un peu à l'écart et, à mi-voix :

— Très chère Ulrike, cette affaire pourrie m'emmerde prodigieusement, aussi vais-je la refiler dare-dare au commissaire principal Rapacioli de la « Crime ». Il fera ça très bien.

— Et nous ?

— Quoi, nous ?... Nous deux ?... dis-je en feignant un grand trouble qui ne fut rien en regard du sien.

— Ach, je veux dire vous, moi, l'équipe...

— On rentre !... On trouvera bien autre chose.

De ce point de vue, j'allais en effet être comblé au-delà de mes rêves les plus fous.

*

Je ramenai Ulrike Treshckow dans mon véhicule personnel, une Alfa Romeo 156 GTA rouge vif à sièges sport et pédalier en alu : mon côté italien, bien sûr. D'un geste négligent, je posai un gyrophare mobile sur le toit.

Puis, à peine la chef de la police criminelle berlinoise avait-elle bouclé sa ceinture, je démarrai en trombe.

— Ça fait très carabinieri, n'est-ce pas ?... dis-je d'un ton mondain tout en me morigénant intérieurement : *Espèce de crapule, tu sais que tu joues avec le feu, là ?*

C'était assez excitant. Le genre de plan qu'on n'imaginerait pas à quinze ans, mais il est vrai qu'à cet âge-là on s'imagine rarement devenir flic. Pourquoi étais-je entré dans la police ? Pour y porter la subversion. Et pourquoi, ayant échoué, y étais-je demeuré ? Pour limiter la casse.

Comme le temps passe...

Je glissai d'extrême justesse l'Alfa entre un bus et un semi-remorque, ce qui ravit Ulrike, tout à coup très excitée.

— Vous conduisez comme un dieu.

— Dieu est un modéré, il doit rouler en Smart ou en Fiat 500 : il n'y a pas de miracle, hein ?

— Vous croyez en Dieu, Herr Padovani ?

Je freinai et rétrogradai assez brutalement pour ne pas écraser deux Verts parisiens qui roulaient en tandem en affichant le plus profond mépris pour l'environnement, c'est-à-dire le reste de l'humanité. Oui, ce couple quoique mûr paraissait bien « vert », partisan de l'interdiction des fumeurs, des mendiants, des putes, des pauvres en centre-ville et des chiens : les Verts de Paris — les autres ont l'air normal —, voilà des empaffés comme je les aime car, avec eux, on sait qu'on avoisine le pire !

— Ma question vous gêne ? insista Ulrike.

— Pas plus que ça. Mon seul rapport avec le divin, puisque Dieu est mort, c'est le rapport à la femme, le lien charnel, l'érotisme, en somme.

Elle sourit.

— Vous n'êtes pas sérieux.

— Oh, que si ! Le parfum de la femme, c'est tout ce qu'un homme bien né emporte avec lui dans le néant.

— Vous seriez pessimiste, Herr Padovani ?

— J'ai mes up and down.

Amusée, elle répondit en bousillant hardiment la syntaxe :

— Je trouve votre équipe... pittoresque. Je tenais à vous en informer de cela.

Je pris un air farouche.

— Nous sommes le dernier échelon offensif de la Brigade criminelle. Après nous, les Huns, les Vandales et les Wisigoths.

Mon téléphone portable fit entendre la sonnerie *Brave Scotland* et je reçus un ordre bref. J'ai positivement horreur de recevoir des ordres, fussent-ils brefs. Je lançai d'une voix hargneuse :

— Ici « Lapin psychorigide » à central : quel est le foutu con qui me demande de rappliquer place Beauvau ?

— Ici le directeur général de la police nationale.

— Ah ! Attention, « Tortue nympho », vous venez de parler en clair. Terminé !

Je coupai la communication.

Ulrike n'en revenait pas :

— Vous êtes... tellement anti-hiérarchique !

— Si vous saviez comme tout ça me fatigue !... Les ambitions, les carrières, les mensonges, le zèle à défendre non pas les pauvres gens mais la bourgeoisie. J'ai de plus en plus souvent envie de leur coller dans les reins une véritable révolution à ce tas de cons. Pas vous ?

Elle demeura un instant rêveuse puis, d'un ton évasif :

— On voit tellement de choses, dans la police.

Elle se ressaisit aussitôt et, souriante :

— J'aime beaucoup la « Tortue nympho » et le « Lapin psychorigide ». C'est... étrange, et ça vous ressemble. Vous aimez les animaux ?

— On dit que le meilleur ami de l'homme c'est la bête, mais quand je regarde Le Pen, j'ai comme un doute !

Il n'était bien entendu pas question que je défère aux ordres en allant immédiatement au ministère, place Beauvau. Je passai donc place d'Italie. C'est dans cet hôtel de police que j'ai installé mes bureaux, un demi-étage, pour fuir la promiscuité du Quai des Orfèvres.

En fait, je me rendis au parking souterrain, histoire de changer de voiture mais n'y trouvai qu'une 406 pourrie qui avait l'avantage d'appartenir au service.

C'est dans le parking que me coincèrent Hautes-Études et le Duck. Ce dernier paraissait agité.

— Patron, il y aurait eu un attentat dans le RER... Et puis du neuf concernant les meurtres de travelos.

On déplorait en effet les meurtres de trois travestis. Le dernier en date avait été flingué sans pitié. Il s'agissait d'un Ukrainien, un artiste qui avait débuté sous le nom de « La Tata tintinnabulante » avant d'opter pour le nom de scène « Riquita Khrouchtchev ». On vérifiait cette identité...

— Qu'est-ce qu'on a appris ? demandai-je avec lassitude.

Hautes-Études se dévoua.

— Pas de bol. Le type qu'on avait coincé, celui qui se déguise la nuit façon Jean Marais dans *La Belle et la Bête*[1], eh bien, il est innocent. Un alibi en béton.

Le Duck avait un avis artistique sur la chose :

— C'est marrant, je pensais à un truc... Le problème central de Jean Marais dans *La Belle et la Bête*, c'est qu'il était plus beau en Bête que lorsque démaquillé il redevenait la Belle.

Je croisai le regard en perdition de Frau Treshckow qui ignorait tout de ce film.

1. Film de Jean Cocteau (1946), avec Jean Marais, Josette Day, Michel Auclair et Mila Parély.

— Rien d'autre ?

Hautes-Études sortit un papier froissé de sa poche, le lut rapidement et expliqua :

— On a arrêté un autre type, Patrice Vailland. Il s'agit d'un auteur-compositeur ringard qui sévit dans ce milieu-là. Il avait pensé à Riquita Khrouchtchev pour un petit rôle dans sa future comédie musicale érotique intitulée *Pepsi la Colombe et la biroute magique*. Paraîtrait que Chantal Goya aurait été pressentie pour le rôle principal.

— Celui de la biroute magique ?... demanda le Duck.

De nouveau, les grands yeux perdus d'Ulrike.

Je pris ma voix de chef :

— Très bien. Continuez là-dessus, les gars, vous avez l'air de faire du bon boulot, tout en vous fendant la gueule. Moi, je file au ministère.

Dans un sinistre bruit de rouille craquante, j'ouvris la portière déglinguée de la 406 à ma collègue allemande. La voiture sentait le cigarillo refroidi, le sandwich au pâté et l'after-shave de chez Ed l'Épicier. Un petit fragment du purgatoire, cette bagnole.

Ulrike attendait un mot, je lui en sortis cinq :

— The show must go on !

3

L'entrevue fut rapide. Le directeur, un type dans la soixantaine, totalement chauve et de forte corpulence, me remit une cassette VHS d'un geste déterminé.

— Regardez ça, Padovani : c'est pire que tout.

— Que tout, hein ?

Il soupira.

— Putain, ces connards de journalistes me harcèlent jusque dans les chiottes. On parle de plusieurs centaines de morts, là, en plein Paris !... Le ministre m'appelle tous les quarts d'heure, le Président lui-même... Ils veulent un nom de Dieu de bouc émissaire et j'ai la tenace impression que ça va être moi. Mais bordel : pourquoi moi ?... Hein ?... Pourquoi ?...

Il prit brusquement conscience de la présence d'Ulrike à mes côtés.

— Oh, excusez-moi, chère madame Treshckow. Les événements, n'est-ce pas...

La chef de la police criminelle de Berlin adopta un air tragique dans lequel entrait, j'en avais la certitude, une grande part de sincérité.

— Je compatis à ce grand malheur de vous-même et de votre éprouvé pays.

— Chère madame, votre compassion, en ces heures douloureuses, démontre une fois encore que la police est une grande famille qui se rit des frontières.

Je laissai faire les salamalecs de circonstance, connaissant le directeur, une vieille fripouille qui n'avait certainement pas perdu l'essentiel de vue.

À preuve :

— Ah, Padovani, nous ne sommes pas toujours d'accord, vous et moi.

Je me fis espiègle, sachant que je pouvais aller très loin.

— En effet, monsieur : vous êtes centriste, voilà qui me laisse hagard.

Il parut surpris.

— Pourquoi tant de haine contre le centrisme, Padovani ?

— Le gruyère est un fromage à chair dure, le démocrate-chrétien est un électeur à pâte molle. C'est le fond de ma pensée, monsieur.

— Le coup est sévère ! répliqua-t-il en feignant d'encaisser douloureusement, mais je savais qu'il s'en foutait éperdument. Il dévoila ses batteries sans différer davantage :

— Quoi qu'il en soit, ce n'est pas le problème, Padovani.

— Quel est-il, monsieur ?

— Je vous charge de l'enquête sur l'attentat du RER.

— Je vais me la faire piquer. Je serai entravé par les Services spéciaux, les juges antiterroristes, le personnel politique, les médias, le...

Il me coupa la parole.

— Non, Padovani. Du moins... si vous faites

vite. Vous disposez d'une cassette VHS envoyée par les terroristes. Formidable, non ? Et vous aurez mon appui et celui de votre oncle, qui est tout de même conseiller à la sécurité auprès du chef de l'État.

Tonton !

Manquait plus que lui !... Il n'était pas mon oncle par le sang mais par l'amitié. En effet, il avait été maquisard avec mon père pendant la guerre puis m'avait recueilli lorsque papa s'était fait tuer par un pâle truand, entraînant le suicide de maman, plus amoureuse que mère... Il était ma seule famille. Il avait tout payé. Des Noëls miteux dans des brasseries désertes où il s'embêtait autant que moi aux pensions lointaines pour des études interminables et une adolescence couleur de grisaille. Mais au fond, humainement, avec moi, il avait été gentil. J'étais la seule bonne action de sa vie, ça et le maquis contre les fascistes, alors il ne voulait pas me perdre de vue.

Parce que, professionnellement parlant, il n'était pas terrible. Peu de terrain, des fiches sur tous les hommes politiques, des procédés de basse police, mais il n'empêche, il avait atteint les sommets. Et puis il avait pas mal voyagé... dans les partis politiques : MRP, SFIO, gaullisme, giscardisme, PS, RPR. Il avait même été membre du PSU pendant trois jours, le temps d'une éphémère bouderie. Il avait été un ardent franc-mac, mais aussi un farouche catholique. Si ça avait fait avancer sa carrière, il aurait pratiqué le vaudou et bouffé à pleines dents les testicules gerbants de ses ennemis.

Un cas d'école, en somme.

Je m'ébrouai.

— Ai-je bien compris, monsieur : vous me couvrez, vous me garantissez une certaine tranquillité, mais la contrepartie, je présume, c'est que vous êtes très pressé. J'ai combien de temps ?

— Cinq jours. Pas un de plus. Je sais que c'est peu, Padovani.

— C'est moins que peu, c'est ridicule.

— Padovani, vous aurez des moyens illimités. Pendant ces cinq jours, vous agirez à votre manière, vous pourrez ignorer tous les ordres et n'écouter aucune critique.

— Je sais, le chameau aboie, la caravane de clébards passe : rien ne m'étonne plus.

— Cinq jours ! Pendant deux jours, l'opinion sera K.-O. Les deux jours suivants, ce sera le grand deuil. Le cinquième, elle voudra les coupables et moi, les terroristes morts ou vifs aux pieds du ministre.

— Cinq jours... Sans compter aujourd'hui, bien entendu ?

— Bien sûr que non. Cinq jours, aujourd'hui inclus.

Me voyant hésitant, il envoya la pommade, tout un train de wagons-citernes remplis de pommade :

— Vous êtes le meilleur, l'as des as de la Criminelle. Depuis 1975, dans toutes vos grandes affaires : pas un échec. Vous êtes mythique de votre vivant. Et là, je dis : bravo, Padovani !

— Pas d'échecs, mais des années de placard.

— Je désapprouve ce que certains, parfois, vous ont fait subir. C'est écœurant.

— Oh, ils ne sont pas plus écœurants que vous, monsieur. Ils me mutent chef du bureau des méthodes pour insolence et puis, quand ils sont dans la merde, ils reviennent me chercher dare-dare. C'est humain. Répétitif, mais humain.

Il prit un air farouche, genre soldat américain d'Hollywood qui préfère se bouffer la langue, et sans ketchup, que de dire du mal de son seigneur Jésus-Christ devant l'ennemi mauresque et apatride :

— Vous gagnerez !

Et il tourna les talons avant que je ne l'assure du contraire.

Ulrike Treshckow posa sur moi le regard de ses grands yeux désolés.

— Il est parti exprès avant votre réponse, je crois.

— Eh oui, le gros con a pris son envol. Quoique, dans son cas, il faudrait lui coller des moteurs auxiliaires quelque part pour aider au décollage.

— Cinq jours, vous allez être épuisé.

— Il est épuisé, elle est épuisette : c'est toujours plus mignon au féminin.

— Mais qu'allez-vous faire ?

— Deux choses : visionner cette copie VHS avec l'équipe et initier un processus de notes de frais à la hauteur des moyens exceptionnels qu'on prétend m'offrir.

Au retour, deux motards que je n'avais nullement demandés m'ouvrirent la route jusqu'à la place d'Italie.

La belle vie.

*

On avait installé une télé dans notre salle de conférences, éteint tous les néons et baissé les stores. Une lumière bleutée baignait l'endroit. Un léger nuage de fumée montait vers le plafond : mon service est presque exclusivement fumeur, les autres sont tolérants.

La cassette VHS commençait par un gros plan sur une mouche dont on avait arraché les ailes et qui tournait sur elle-même, impuissante. Je conclus à un message symbolique : sans indics en mesure de l'aider, sans infos, la police est impuissante, à l'image de cette mouche.

— Déjà, des mecs qui arrachent les ailes d'une mouche, c'est des gros fumiers. Je les aime pas, ces terroristes !... lança Hautes-Études.

— Affirmatif !... ajouta une voix dans un brouhaha approbateur.

Ulrike se pencha vers moi.

— Ils sont très bien, les gens de votre équipe. Le respect de toute vie, c'est un fondement du monde que nous voulons, n'est-il pas vrai ?

— Il est vrai !... répondis-je sans quitter l'écran des yeux tandis que le Duck, arrivé en retard, grommelait :

— Patron, je proteste fermement : il y a un salopard qui m'a piqué mes cookies dans le tiroir supérieur droit de mon bureau !

Par association d'idées, Primerose, qui était sans doute le coupable, avertit le Duck :

— Enfin une bonne nouvelle : paraît qu'on va faire exploser les notes de frais.

Concluant à un faux départ, je remis la cassette à zéro.

De nouveau, la mouche sans ailes...

Le Duck en profita :

— Faut ignorer le *Michelin* et le *Gault Millau*. Paraît que le meilleur guide des restaus, c'est le *Bernard Gilette* de 1999.

— C'est qui, ce mec-là, Bernard Gilette ?... demanda une voix tandis que je rongeais mon frein.

— Il a tenu pendant quarante ans la rubrique « Guide du bien manger et du bien boire » d'un grand hebdo et aujourd'hui il s'occupe de la rubrique : « Bien gérer son cholestérol ». Une référence, quoi !

— Suicidaire !... risqua Florence Abramowicz.

Hautes-Études répliqua :

— Ça me rappelle une phrase de Jacques Rigaut : « Essayez si vous le pouvez d'arrêter un homme qui voyage avec son suicide à la boutonnière. »

— Joli !... assura une voix.

Je rembobinai la VHS dont on n'avait vu, jusqu'ici, que les vingt premières secondes, puis j'appuyai sur le bouton « lecture ».

Pour la troisième fois, la mouche sans ailes...

— Euh, on l'a déjà vue, patron !... risqua une voix.

En cette occurrence, je fis montre d'une mâle autorité qui impressionna surtout Ulrike Treshckow :

— Et vous la verrez autant de fois que vous l'ouvrirez. J'exige le silence. N'oubliez pas que si ces types se sont filmés eux-mêmes, ce n'est sûrement pas pour décrocher un rôle à Star Academy.

— Ils ont surtout filmé une mouche !... risqua la petite voix mutine et sensuelle de Florence Abramowicz.

Je rembobinai aussitôt. Mon geste fut si sec que le magnétoscope hoqueta de douleur puis, pour la quatrième fois, on vit une mouche sur l'écran...

— Chut !... Chut !... Chut !... lancèrent plusieurs membres de mon équipe en surjouant les fayots.

— Des enfants !... me souffla Ulrike en souriant avec indulgence dans la douce lumière bleutée.

— Et si attachants !... répliquai-je.

Donc, le document commençait par une mouche sans ailes. Mais peu après on passa aux choses sérieuses. Si sérieuses, même, qu'on aurait entendu une mouche voler — pourvu qu'elle ait des ailes...

4

Le type savait tenir une caméra. À croire que chef opérateur faisait partie des options de la licence en terrorisme.

On ne distinguait jamais le visage du plastiqueur qui rampait sur la voie du RER. Un casque, un treillis gris-vert, un sac à dos, c'est à peu près tout ce que l'on apercevait. En arrière-plan, une station aérienne du RER, parfois un panoramique sur la Seine et un Paris morne et pluvieux.

Ce qui frappait, dans ces images, c'était le calme olympien et le professionnalisme haut de gamme du terroriste. Il posait ses charges contre le métal du rail, sans doute à l'aide d'électroaimants, et repoussait dessus les pierres du ballast de sorte que le conducteur ne puisse pas distinguer l'explosif depuis la cabine de la motrice.

Fin de séquence.

Il y eut un blanc pendant lequel on entendit la sonnerie du portable de Florence Abramowicz qui répondit, laconique :

— Allez-y, je note.

Le film reprit.

On était à présent en plein jour, ce même vendredi. Sans doute à 9 heures, instant précis de l'attentat.

On voyait arriver un train RER ligne C, gare de départ Montigny-Beauchamp, allant en direction des terminaux C 2, C 4, C 6, C 8. Depuis l'endroit où filmait l'opérateur, on distinguait très bien les voitures, relativement pleines, ce qui semblait assez étonnant pour un matin de Toussaint.

L'axe de prise de vue changea à plusieurs reprises, histoire de nous indiquer qu'on filmait depuis trois endroits différents. En outre, les raccords étaient grossiers : on faisait dans l'efficace, pas dans le genre IDHEC.

Schématiquement, je dirais que le film représentait un parcours assez bref, disons depuis le redémarrage du train en gare de Kennedy — Radio-France jusqu'à cent mètres de l'entrée, sur l'autre rive de la Seine, du tunnel menant à la station Champ-de-Mars-Tour-Eiffel. Entre les deux, le parcours se résumait au franchissement de la Seine avec, en son milieu, l'allée des Cygnes, une mince bande de terre en forme d'îlot étiré depuis le pont de Bir-Hakeim jusqu'au pont de Grenelle.

Après le panoramique, j'imaginais sans grande difficulté ce qui allait advenir. En effet, le pont du RER est construit de deux façons différentes. Dans le premier tronçon, allant de la station Kennedy-Radio-France à l'allée des Cygnes, le parapet est constitué de solides arcs de métal. En revanche, dans la seconde partie allant de l'île aux Cygnes vers la rive gauche du fleuve, il s'agit de rares potences beaucoup plus faiblardes. On comprend mieux ainsi pour quelle raison on avait plastiqué un seul côté de la voie.

À la réflexion, le montage n'était pas si mauvais pour un film à trois caméras. De fait, les axes de prises de vues alternaient, prolongeant et dilatant la durée réelle des explosions. Et permettant de parfaitement saisir comment les choses s'étaient déroulées. D'ailleurs, ces effets étaient amplifiés par le ralenti.

À quelques secondes près, et dans cet ordre, sautèrent les potences du bord de voie et le train lui-même.

Plutôt diabolique.

Les potences en forme de « U » renversé explosèrent et basculèrent dans le fleuve, laissant du même coup le côté gauche du train — sens de la marche — sans protection par rapport au vide.

Puis, sous le train, le rail de droite sauta avec une formidable violence, provoquant une extraordinaire poussée. Le train fut projeté en l'air, mais en décrivant un arc de cercle qui le menait droit dans la Seine. Sans le parapet d'acier déjà pulvérisé, rien ne pouvait empêcher sa chute dans le fleuve. Les quatre premiers wagons entraînèrent les suivants, lesquels, du reste, compte tenu de la vitesse acquise, ne pouvaient que tomber puisqu'une partie de la voie s'était affaissée dans la Seine.

Avec un sens aigu de l'effet de surprise, les terroristes zoomèrent sur la chute du train qui dégringola... sur un bateau-mouche bourré de passagers. Le bateau, coupé en deux, sombra en quelques secondes.

C'était hallucinant.

Après les gerbes d'eau et un puissant remous, la Seine retrouva son calme comme si elle n'avait jamais englouti sept voitures de train et un bateau-mouche du plus gros tonnage existant.

Il y eut un long silence, le regard de chacun fixé sur l'écran vide, puis je me levai et rallumai la lumière en disant :

— Ladies and gentlemen, j'espère qu'après ça vous aurez une idée assez précise du genre de types auxquels nous allons nous heurter.

Le Duck lança de sa voix de basse :

— Des fumiers de fils de pute archiprofessionnels.

— On peut en effet formuler les choses comme ça !... répondis-je.

Puis, me tournant vers Florence Abramowicz :

— Miss, des nouvelles ?

— C'est pire que tout ce que nous pouvions imaginer dans nos plus affreux cauchemars, patron.

Elle consulta ses notes prises en sténo et poursuivit :

— Le bateau-mouche avait été loué par l'ambassade des États-Unis pour le compte du Parti républicain. Les passagers étaient des membres du Congrès, des pontes du Parti, des généreux donateurs et les épouses de tous ces messieurs. Parmi les victimes, il y aurait aussi la femme de l'ambassadeur, le neveu de George Bush, le district attorney de New York, des gens comme ça... Le gratin US, quoi.

— Maintenant, c'est du gratin d'Amerloques aux algues !... maugréa Hautes-Études.

— Pas seulement, hélas !... répondit Florence qui observait ses notes.

— Tiens, un nouveau malheur !... trompeta le Duck en se calant dans son fauteuil d'un air satisfait.

— Il y avait aussi trois députés anglais, des amis personnels de Tony Blair.

— On ne va pas pleurer !... Blair et ses copains

ont du sang sur les mains, non ? gronda Hautes-Études.

Je recentrai les choses :

— Qu'est-ce qu'on sait des passagers du RER ?

La commissaire stagiaire se composa un visage de tragédienne :

— Nouvelle catastrophe : c'était un train de trotskistes !

— Un train... de quoi ?... demandai-je, incrédule.

— Des trotskistes, monsieur le divisionnaire !

Chacun d'entre nous la regarda attentivement, cherchant à déceler sur son mignon visage les effets de fumées orientales ou une trace d'éthylisme : on sait le goût de cette jeune femme pour les Pick me up, un étrange cocktail à base de cognac, champagne, jus d'orange et sirop de grenadine.

Circonspect, je demandai :

— C'est assez bizarre, ce convoi trotskiste, un jour de Toussaint, à 9 heures du matin. C'est Sarkozy qui les déportait, ou quoi ?

Mlle Abramowicz, voyant nos airs dubitatifs, se fit plus véhémente :

— Bien sûr que ça paraît étrange tout un RER de trotskistes un matin de Toussaint, d'autant que ceux-là devaient représenter leur parti au grand complet.

— Pouvez-vous nous en dire davantage ? insistai-je poliment.

Radoucie, elle expliqua :

— C'est un parti genre groupuscule ossifié qui s'appelle Parti communiste mondial ouvrier. En fait, ils venaient de manifester à deux stations de là, avenue Henri-Martin, devant le domicile d'un patron qui délocalise toutes ses boîtes vers l'Asie. Ils se rendaient à leur congrès annuel à Juvisy où ils avaient loué une salle. Pour eux, c'était pratique : tout ça, c'est sur la même ligne, la C.

— Très constructif, mademoiselle Abramowicz !... lançai-je avec un sourire un peu figé, sans m'attarder au fait qu'elle rougissait.

Puis, devant l'énormité de l'événement, je réfléchis à voix haute :

— Cet attentat crée une situation assez complexe qui risque d'avoir des répercussions nationales et internationales. Par exemple, les Américains vont très mal prendre la chose : voir des compatriotes, qui plus est le gratin du Parti républicain au pouvoir, recevoir sur la tronche des wagons mais aussi des trotskistes, ils se sentiront humiliés... D'un autre côté, les trotskistes auront des sentiments mêlés en découvrant qu'on se sert d'eux comme lors d'un lancer de nains pour les jeter sur les impérialistes US.

Hautes-Études avait son opinion.

— Ça mobilisera tous les autres trotskistes y compris le postier de la télé, celui qui a une tête comme un ballon de foot.

— Besancenot !... dit une voix.

— Aux chiottes les trots, vive Staline !... gueula le Duck.

— Staline assassin !... hurla Primerose.

— Vous en pensez quoi, Herr Padovani ?... demanda ma collègue berlinoise, étonnée par la tournure façon meeting des événements.

— La mort d'un tyran fait au moins deux sortes d'heureux : les peuples et les asticots.

Ayant arraché un sourire à ma petite troupe, je donnai mes ordres :

— Bon, on va faire comme ça... On ne lâche pas complètement cette histoire de tueurs de travelos. Et puis, autre chose, mademoiselle Abramowicz, est-ce que Brégégère a progressé ?

— Il est assez mystérieux, patron. Mais il a l'air plutôt satisfait.

Je n'étais pas très sûr de moi. Brégégère était un flic d'un certain âge, fin limier de la vieille école. Il enquêtait sur une affaire très délicate de serial killer pédophile auquel, en trois ans, on attribuait six meurtres d'enfants, tous âgés de cinq à huit ans.

Jusqu'ici, Brégégère s'acquittait parfaitement bien de sa tâche. Il suivait de nombreuses pistes, depuis les mœurs jusqu'aux hôpitaux psychiatriques. Cependant, il existait un problème. En effet, voici près de dix ans, il avait abattu un tueur d'enfants, heureusement porteur d'une arme. À grand coup de rapports qui bousculaient un peu la vérité, les services étaient parvenus à faire jouer la légitime défense. Le juge, révulsé par l'état des cadavres des gosses victimes de l'assassin, n'avait pas insisté lui non plus pour traquer la vérité.

En outre, nous savions tous que Brégégère avait perdu sa fille, une gamine violée et tuée au début des années 80. Problème délicat. Lorsque j'avais hérité de l'affaire du serial killer pédophile, je savais que me faire « prêter » Brégégère par sa brigade d'origine était déontologiquement discutable. Mais il était têtu comme un bulldog et l'avoir dans mon équipe pouvait me permettre de gagner des mois, ce qui est appréciable, mais surtout sauver des vies, ce qui est fondamental.

En conscience, et dans une grande solitude, j'avais choisi.

Accompagné de Frau Treshckow, je sortis. Du moins je tentai, car, derrière la porte, m'attendaient trois têtes de cauchemar...

5

C'était un vaste pavillon avec jardin situé rue Eugène-Sue, à Saint-Maur-des-Fossés. Les voisins, principalement des retraités, n'avaient pas réussi à vraiment connaître Klement Malinovski qui se faisait appeler « M. Hirsch » et se disait industriel. Il recevait peu, si ce n'est deux collaborateurs de la branche moyen-orientale de son entreprise. Des hommes si souvent présents qu'on se demandait s'ils ne vivaient pas là.

Ces deux collaborateurs, en réalité Watban Kazar et Mahmoud Tabaqjili, auraient pu, eux, inquiéter un voisinage où l'on comptait quelques xénophobes mais les cheveux blonds et le regard bleu faïence de M. Hirsch rassuraient une fois pour toutes.

Et puis un industriel, dans la rue, parmi ces retraités venant principalement du petit commerce, cela faisait monter le standing. Quant à M. Hirsch lui-même, s'il gardait ses distances, il savait cependant se montrer courtois et plaisait aux dames.

Dans le garage du pavillon de Malinovski stationnait une Jaguar type S gris métallisé. C'était finement pensé. En effet, la grosse Hyundai ne servait qu'aux missions de reconnaissance. Repérée, elle ne pouvait mener à la cachette de Saint-Maur où les voisins ne l'avaient jamais vue. Un second garage — discret —, porte d'Italie, abritait l'une ou l'autre voiture, alternativement, selon les besoins du moment.

Pour l'instant, les trois colonels vaquaient à des occupations diverses. Ainsi, Malinovski écrivait un compte rendu de leur attentat du RER. Ce texte n'était pas destiné à être lu mais promis aux flammes. Cependant, l'ancien militaire aimait rendre compte afin d'élaborer un bilan critique qui lui permettrait, pensait-il, de se perfectionner pour les missions à venir.

Pour sa part, Mahmoud Tabaqjili surfait sur le Net, se délectant des annonces cochonnes qui, à ses yeux, en disaient long sur l'état de décomposition de la société française. C'est du moins ce qu'il plaidait auprès des deux autres.

Pendant ce temps, et pour la cinq centième fois peut-être, le colonel Watban Kazar regardait *Autant en emporte le vent*, se repassant la scène où la servante noire s'écrie à l'adresse de Vivien Leigh, alias Scarlett O'Hara : « M'âme Scarlett ! M'âme Scarlett ! » Cette réplique avait inexplicablement le don de le faire hurler de rire. Hoquetant, il lança à tue-tête en tapant des mains comme un gosse :

— M'âme Scarlett ! M'âme Scarlett !

Les deux autres, habitués, ne levèrent même pas la tête.

Il régnait, dans cet étrange pavillon, une atmosphère petite-bourgeoise assez surprenante, eu égard à ceux qui y habitaient.

Dehors, il faisait un temps de chien. Après deux semaines de pluie, on annonçait sur l'Europe une vague de froid sans précédent pour la saison. On prévoyait même des chutes de neige en plaine.

*

Ils me faisaient face : la chargée de com, son assistant et un horrible clebs.

Au loin, la psychologue de l'hôtel de police, une femme très sexy, m'adressa un petit salut amical. Elle avait de l'allure : très exactement celle d'une pute. Mais je l'aimais bien.

La chargée de com, Karine Hardouin, petite quarantaine, mesurait un mètre quatre-vingt-sept et ressemblait à un John Wayne hésitant entre la tisane et les amphétamines. Son assistant, Cédric Herrero, la trentaine, était franchement sinistre. Le genre de mec englué dans le monde du sérieux qui donne l'impression de porter son cercueil sur le dos.

Sans oublier un troisième personnage : le pinscher de la chargée de com. Curieusement, ce pinscher, un genre de chien nain, était goitreux et, dès que sa maîtresse tira sur sa laisse, l'horrible bête sortit une langue violacée parsemée de pustules d'un arrogant vert pistache.

À peine furent-ils devant moi qu'ils commencèrent à parler en même temps. Même le pinscher, qui m'aboya dessus comme s'il imitait un moteur de Vélosolex rendant l'âme.

Il ressortait de cet aimable brouhaha que cette fine équipe m'était collée par le directeur. La chargée de com m'expliqua doctement qu'il s'agissait, dans une affaire de cette importance, de se concilier les médias.

Dégainant promptement mon portable, j'appelai le directeur qui confirma, se montrant intraitable.

Résigné et pensif, je regardai sans le voir l'assistant, celui qui trimballe son cercueil sur le dos. Le type dut se sentir mal à l'aise car il précisa :

— Nous voulons rectifier votre image dans les médias.

Surpris, je demandai :

— C'est quoi, encore, cette idée de con ?

— Voilà, vos paroles répondent à votre question.

— Mais encore ? insistai-je.

— Vous êtes agressif, enfin, peu convivial. Nous voulons une police citoyenne.

— Ton cul ! Ton cul est convivial et citoyen : moi pas ! Trop de sales cons s'embusquent derrière ces mots-là.

Il se montra patient.

— L'image idéale, c'est celle du flic assimilable à un grand frère.

— J'ai pas de frangin. Et j'en veux pas.

— Vous êtes trop personnel, commissaire Padovani.

— Vous êtes viré, Machin.

Il dut comprendre que je ne plaisantais pas car il s'éloigna d'un pas accablé avec, sur sa colonne vertébrale, le poids de son lourd cercueil-sac à dos. Finalement, vu de derrière, il n'était pas mieux que de face : cou de poulet et fesses de merle. Je me pris à penser fugitivement qu'il vaudrait mieux qu'il ne se reproduise jamais mais qui sait si certaines femmes n'ont pas le goût de la volaille ?... J'ai connu un flic de la brigade mondaine qui était toujours très excité par les « oies blanches » et autres « petites dindes ». Le côté bestioles à trousser, sans doute.

Mais ce n'est pas le sujet.

Regardant le pinscher, j'ajoutai d'une voix dure :

— Toi aussi, tu es viré !

Puis, après avoir ménagé un silence, je précisai à l'adresse de la chargée de com :

— Je réfléchirai aux rares occasions de coopération que me laisse une enquête difficile : même vous pouvez comprendre ça, je présume ?

Ignorant superbement Ulrike Treshckow toujours à mes côtés, elle se lança dans un long délire sur notre « future et fructueuse coopération », le tout assorti d'œillades engageantes. Cette femme s'égarait, qui me faisait du plat espérant peut-être que j'allais la harceler sexuellement. Mais l'idée que je puisse avoir un ticket, fût-ce avec ce grand cheval, ne relevait-elle pas de la mégalomanie ?

Et pourtant non, comme le prouva la suite lorsqu'elle balança sa dernière flèche, celle d'un Cupidon rachitique atteint de sclérose en plaques :

— Oh, quel froid !... On rêve d'un grand lit, de la chaleur d'un corps...

— Quant à moi, je préfère le chauffage central !... répondis-je sèchement en tournant les talons tandis qu'Ulrike trottinait derrière moi en disant :

— Elle vous draguait sans la vergogne !

— Ah, je vous en prie, Ulrike, restez polie. C'est dégoûtant, votre truc !

*

Faute de 406 piquée par Primerose, il restait une voiture blanche aux flancs marqués « Police » qui sentait le moisi. Dans la boîte à gants, une paire de menottes, des préservatifs, une barrette de shit et un paquet de Gitanes entamé.

Bien qu'il fût près de 15 heures, j'avais obtenu sans peine une table Chez Dino, un excellent restaurant italien situé du côté des Gobelins. Je savais que me rendre sur les lieux de l'attentat ne m'apprendrait rien, alors à quoi bon y cavaler ? Et mieux valait, pour la suite, que je me sente bien.

Je commandai d'autorité deux Mimosas, un cocktail très simple à base de champagne et d'oranges pressées.

Puis, Ulrike s'en remettant à moi, eu égard à mes origines italiennes et à ma connaissance des lieux, je composai un menu très simple : carpaccio, chateaubriand grillé et crumble aux pommes. Je savais qu'ici il n'y avait pas de Violette Nozière en cuisine et que le carpaccio était un délice : tranches de bœuf hyper-fines, dosage parfait entre huile d'olive, citron, basilic et câpres. Je commandai en outre une bouteille de chiaretto. Satisfait, j'allumai une sèche et souris à Ulrike.

— Pas si mal, la police française, hein ?

— C'est un si beau pays... Mais étant allemande, je ressens le malaise de vous avoir envahi vous.

— Mais non, Ulrike, je vous assure que vous ne m'envahissez pas !... grommelai-je d'un air idiot.

— Non, je parlais de l'armée allemande, 1940...

Je réfléchis distraitement puis :

— De fait ! On n'envahit pas un pays tel que la France, c'est du dernier mauvais goût... Allez, disons que ce n'étaient pas les Allemands mais les nazis. Vous voulez qu'on parle de l'enquête sur le RER, bien qu'on soit en plein brouillard ?

— En pleine tempête de neige, plutôt !... riposta-t-elle en regardant à travers les vitres du restaurant.

Des flocons commençaient à dégringoler d'un ciel

d'étain. Tout d'abord paresseux, comme hésitants, ils semblèrent brusquement descendre de plus en plus vite, gagnant en densité.

— Pourquoi êtes-vous dans la police, Herr Padovani ?

— Ne m'appelez pas « Herr », chère Ulrike. Ça commence par Herr, puis c'est von Padovani et on se retrouve sur le front de l'Est avec plein de neige aussi froide que celle-ci. Jamais je n'abandonnerai le Sud, la lumière dorée, les oliviers, les orangers, les pins parasols.

— Vous ne répondez pas ? insista-t-elle.

— Je pensais que vous le saviez. Mon père, que j'ai adoré, était membre des Brigades internationales, puis maquisard pendant l'Occupation. À la Libération, il est entré dans la police. Peut-être avec une idée. C'est pour ça que j'ai fait pareil, je suppose. Vous voyez, pas besoin de psychanalyste, je peux fouiller mes poubelles tout seul.

— Pourquoi « poubelle » ?

— C'est un coin de mon âme. Mais l'autre, c'est les jardins de Sémiramis avec une entêtante odeur de jasmin... avouai-je en souriant.

Elle sourit à son tour.

— Curieuses gens, étrange peuple, singulier pays ! Un ami de Hambourg me dit toujours que si les Français ne sont pas comme les autres, c'est parce qu'ils ont coupé la tête de leur roi.

— Humainement, c'est sévère, mais en tant que flic je peux comprendre. Ils avaient des noms de truands et de macs : Louis le Bien-aimé, Philippe le Bel, voilà pour les proxos. Et, côté truands : Charles le Mauvais, Charles le Chauve... Et pourquoi pas Maurice le Bancal ou Fred l'Élégant ?

Elle prit un air mutin assez mignon, parce qu'elle fronçait son petit nez. Puis, de sa voix rauque :

— Et nous autres, Allemands, nous avons eu Hitler Ier le Connard. C'est bien dit correct ?

Ce n'était pas si drôle que cela, et même franchement pas du tout, mais nous rîmes de bon cœur. Peut-être parce que nous arrivions à un âge où les années filent vite, où les regrets s'annoncent et que nous devinions que nous ne sortirions pas en très bon état de cette enquête.

Dehors, il y avait déjà un bon centimètre de neige qui s'accumulait sur les bagnoles.

6

Comme je le pressentais, il n'y avait pas grand-chose à voir, si ce n'était des grues montées sur péniches et, au centre de l'allée des Cygnes, des dizaines de corps enveloppés dans des housses. Et puis des flics et des pompiers. Beaucoup.

Il paraissait évident qu'il faudrait pas mal de temps pour renflouer un train et un bateau des profondeurs du fleuve.

Des hommes-grenouilles remontèrent une tête, puis un tronc. Les légistes allaient avoir du mal à trier ce qui appartenait aux trotskistes et aux Yankees, quoique ces derniers soient souvent obèses quand les autres se caractérisent pour la plupart par leur côté famélique.

Il me vint une soudaine lassitude des idéologies.

Dégainant mon portable, j'appelai Hautes-Études, évidemment sur « Messagerie » et, tout en désignant trois endroits différents à Ulrike :

— Envoie du monde rive droite dans les étages supérieurs de Radio-France, puis passe sur la rive gauche et inspecte le Novotel à mi-hauteur. Après, toujours quai de Grenelle, passe au crible un immeuble abritant une banque directe appelée Upto-ten Com. Voilà ce qu'on cherche : à chaque fois, un type avec un caméscope. Salut.

Puis, regardant Ulrike :

— Les prises de vues, je jurerais que c'est depuis ces endroits-là. Mais pas d'enthousiasme prématuré, hein : ils ont filmé ce matin à 9 heures, ce qui veut dire qu'à part le personnel de l'hôtel et les portiers de Radio-France, un matin de Toussaint, il y avait peu de monde.

— Mais vous avez une idée personnelle sur la finalité d'un attentat si tellement spectaculaire ?

Je réfléchis un instant.

— Vous avez trouvé le mot, « spectaculaire ». J'ai déjà été confronté à ça et vous n'avez que deux motivations possibles. Primo, les types font de la pub au bénéfice de la cause qu'ils servent : plus on en parle, mieux c'est. Deuzio : ils font beaucoup de bruit pour qu'on ne regarde pas ailleurs mais là, c'est vraiment beaucoup, beaucoup de bruit.

— Vous voulez dire : détourner la police de cet objectif principal qui est le leur ?

Je lui ouvris la portière de la patrouilleuse en souriant.

— Ce qui veut dire que le pire est encore à venir. Mais c'est une simple hypothèse pour école de police...

Suivant la Seine vers l'ouest, je conduisais machinalement, perdu dans mes réflexions, un peu à la dérive. C'était joli, ces péniches sombres sous les flocons de neige qui tombaient dru.

Puis, brusquement, je stoppai la bagnole et descendis, Ulrike sur mes talons. M'approchant du quai, je vis trois types équipés d'une gaffe de fortune qui tiraient un cadavre sur la rive.

Ils le hissèrent sur le quai, firent rapidement l'inspection du portefeuille qu'ils empochèrent puis rebalancèrent le corps dans la Seine.

Plutôt triste et désabusé, je commentai à mi-voix :

— Ce soir, la télé parlera du bel élan de la population parisienne qui s'est empressée de repêcher les cadavres dont on ne précisera pas qu'ils ont été détroussés de leurs traveller's cheques et de leurs Cartes Bleues. On retourne à grande vitesse vers la barbarie, enfant chérie des sociétés de profits.

Ulrike baissa les yeux. Les années passant, il y avait toujours plus de flics, et ça ne changeait rien. Si, au fond : il n'est pas sain que l'État augmente son emprise sur la société civile, la police gagne ce que la démocratie y perd.

Je pensai au ministre de l'Intérieur toujours occupé à pérorer pompeusement. Pourtant, Sarkozy a autant d'intelligence qu'une blatte et la classe d'une tranche de mortadelle hors date. Mais c'est comme ça.

D'une voix lasse, je lançai à Ulrike :

— Rentrons, voulez-vous ?

*

La neige avait cessé de tomber. C'était déjà la nuit.

Le vent du nord secouait durement les stores des magasins du centre de Saint-Cloud.

Garée devant une boutique d'articles de voyages au store baissé, la grosse Hyundai Sonata blanche, tous feux éteints, ne risquait pas d'attirer l'attention des très rares passants.

À l'intérieur, silencieux, les trois ex-colonels

observaient la façade d'un bel immeuble de standing. L'appartement du deuxième, généreusement éclairé, occupait tout l'étage et on distinguait un monumental lustre de cristal. Le propriétaire qui occupait ce vaste espace ne devait pas ressentir d'angoisses au reçu de ses factures. Le bonheur, en somme.

Et c'était tant mieux, car il lui restait très peu de temps à vivre.

Malinovski, assis sur le siège avant droit, ironisa :

— Il sera peu regretté, mais cela va créer une situation délicate dans ce pays.

Watban Kazar, au volant, répondit :

— Les morts ne profitent jamais des regrets. Il a des gardes du corps ?

— Un chauffeur et un officier de sécurité.

Kazar leva un sourcil :

— Solution individuelle ?

— Solution collective. Démarrez, Kazar, ou nous finirons par nous faire repérer.

La grosse voiture démarra, déboîta, et passa lentement sous les fenêtres éclairées.

La température avoisinait les moins cinq degrés.

*

De retour au bureau, je passai un savon à la chargée de com qui, lors d'une rencontre prétendument « informelle » avec la presse, avait balancé mon nom en pâture aux journalistes. Elle avait poussé la stupidité jusqu'à annoncer que j'étais sur « une piste sérieuse ». Résultat de ce bluff : les terroristes allaient se montrer encore plus prudents, ce qui ne faciliterait pas ma tâche.

À 20 heures, je réunis l'équipe dans la salle de conférences en vue d'une gestion de crise des plus délicates.

Le directeur avait exigé que je mette tout mon petit monde sur cette affaire. Je voulais aussi conclure sur le serial killer pédophile et le meurtrier des travestis dont certains étaient homosexuels.

Déconcertante affaire que cette dernière, les homosexuels étant, du point de vue de la Brigade criminelle, une clientèle pacifique à laquelle nous avons rarement affaire. Quant aux tueurs pédophiles, ils ne sont pas assimilables aux homosexuels : les violeurs de petites filles, on l'oublie trop souvent, sont eux aussi des pédophiles.

Certes, Rapacioli m'avait « prêté » Brégégère mais, outre celui-ci et moi-même, je ne disposais que du Duck, de Hautes-Études, de Primerose, de Florence Abramowicz et du concours d'Ulrike Treshckow.

Sept flics pour trois affaires criminelles à mener de front, le challenge s'annonçait difficile.

Je décidai, pour les heures à venir, de laisser Brégégère courir seul sur son affaire et confiai exclusivement à Primerose celle des travestis. Étant donné que le capitaine n'avait jamais caché son goût pour les étreintes viriles, il me semblait tout désigné pour cette enquête.

J'en informai les intéressés, précisant cependant qu'en cas de phase critique ou terminale ils pouvaient compter sur les autres, et moi-même, pour finaliser.

Puis je fis le point :

— Le bilan de la journée serait plutôt satisfaisant dans le cadre d'une enquête de routine, mais ce n'est pas le cas ici. La pression est énorme. Grâce à la cassette VHS, nous avons un aperçu assez impressionnant du savoir-faire de ces messieurs. D'autre part, nous savons qu'ils sont au moins trois si nous nous fions au nombre d'angles de prises de vues. Enfin, d'après Hautes-Études, il y a le réceptionniste du Novotel qui se souvient d'un client, je cite, « de type moyen-oriental » qui a retenu une chambre la veille et ne l'a pas occupée durant la nuit. Il ne serait revenu que vers 8 h 30 ce matin pour repartir très rapidement. Du moins le croit-il, car en fait il ne l'a pas vu partir : clients et personnel s'étant rués dehors peu après l'attentat. Des questions ?

Ils se regardèrent, puis Ulrike prit la parole dans ce français que l'émotion rendait toujours approximatif :

— Le mode opératoire concernant le train RER ne peut pas être répétitif : chaque station est différente et on les imagine mal recommençant une action telle que celui-ci. En plus, ne seraient-ils pas des militaires ?

— Exact !... répondis-je en ajoutant : C'est vrai que pour la plupart d'entre nous ça allait peut-être sans dire. Dans l'hypothèse d'autres attentats visant les ponts et voies ferrées, le préfet a fait renforcer la surveillance puisque ce foutu plan Vigipirate n'a absolument rien empêché. Autre chose ?

Personne ne se manifesta. Je levai la séance en précisant :

— Demain, 8 heures : tout le monde sur le pont.

On manifesta une certaine mauvaise humeur par des grognements que je feignis de ne pas entendre.

Pensifs, Frau Treshckow et moi-même descendîmes au parking. Depuis trois jours qu'elle était en

France, j'avais pris l'habitude de la ramener le soir et de la prendre le matin dans un troquet, L'Étoile d'Or. Il est vrai que nous étions presque voisins : elle logeait chez une de ses amies françaises, rue des Fossés-Saint-Jacques, j'habite à la Mouffe, rue du Pot-de-Fer.

— Qu'est-ce qui vous fait penser que ces terroristes vont recommencer, Padovani ?

— Ils ont construit patiemment et théâtralisé leur coup du RER. Je ne sais pas, mais il me semble, d'instinct, que ça s'inscrit dans quelque chose de plus vaste. À mon avis, si ce n'est déjà fait, ils vont y prendre goût.

Je lui ouvris la portière de mon Alfa Romeo et nous nous installâmes dans la bagnole.

Pendant quelque temps, nous restâmes silencieux à observer l'avenue des Gobelins. De rares usagers attendant leur bus, les arbres blanchis, les gosses qui s'élançaient dans de longues glissades... Ce n'était certes pas Saint-Pétersbourg, mais ça ne manquait pas de charme.

Ulrike, parfois un peu gonflante, lança d'une voix rêveuse :

— Ça me fait songer à je ne sais plus quel vers d'un de vos poètes... Ne serait-ce pas Saint-John Perse ?

J'avoue l'avoir peu lu, mais je déteste ce bonhomme. En conséquence, je choisis l'option kamikaze, parfum folie furieuse :

— Saint-John perce, mais il y met le temps.

Elle sourit avec indulgence.

— Vous êtes incorrigible.

— Et pis encore.

— Quel monde intérieur tourmenté que le vôtre.

— Arrêtez de me gratter l'âme, ça chatouille horriblement mon ego.

Au fond, la vie est dure pour tout le monde et à chacun sa parade. Moi, je ne veux pas changer, je veux regarder mes vingt ans dans les yeux le plus longtemps possible. Jusqu'à la fin, peut-être. C'est pour ça que j'écoute les Stones, les Who et Jimmy Hendrix, que je porte des mocassins Sebago bordeaux, des chaussettes blanches, des chemises bleues et des vestes coûteuses, que je ne suis pas moderne, que le progrès me laisse au bord du chemin. Eh bien tant pis ! Je ne serai pas un cyber vieux con, un rappeur de cinquante ans qui pique les blousons Nike de son fils et coiffe ses cheveux raréfiés en un famélique catogan.

Je veux juste vivre selon mes valeurs, le plus loin possible des modes débiles. Et puis, contrairement à ce qu'imaginent les vieux démagos, les jeunes n'attendent pas des gens de mon âge qu'ils soient semblables à eux. Au contraire, me semble-t-il.

Un hystérique envisagea de nous doubler, ainsi que les deux véhicules qui nous précédaient.

Mauvaise pioche, il eut beau freiner, il fit un « tout droit » dans une camionnette portant sobrement sur ses flancs l'enseigne : « Maurice Tilte, plomberie sanitaire ».

« Tilt », la chose était plaisante.

Curieusement, ce fut le coupable qui bondit de sa voiture de sport en insultant le plombier.

— C'est quoi, cette jolie voiture esquintée ? demanda Ulrike.

— M.G. Abréviation de Morris Garage. De la daube, de nos jours.

Elle changea de sujet.

— Demain, je serai plus entreprenante !

— C'est une menace ?... demandai-je en faisant mine de me serrer contre la portière, le plus loin d'elle qu'il fût possible, tout en lui jetant des regards craintifs.

Très inattendu de sa part, elle m'envoya une bourrade dans les côtes en riant.

— Je serai plus entreprenante sur notre enquête.

Je haussai les épaules.

— Try to make the best it [1] !

Francine [2] m'avait promis des tagliatelles al granchio [3]. Je me demandais, non sans angoisse, si elle avait pensé au basilic ciselé et au quart de tasse de persil plat.

Et si elle avait pensé à mettre des bas noirs avec sa guêpière Sabbia Rosa.

Et si elle allait me faire le gros câlin qui me consolerait d'exercer ce boulot de fou.

Et si, et si...

1. Faites pour le mieux.

2. Francine Padovani, compagne du commissaire (cf. autres volumes).

3. Tagliatelles au crabe.

7

Samedi 2 novembre. Trépassés. Température : – 4 degrés. Demandeurs d'emplois : 2 371 504. Bourse : pas de cotations le week-end. Grèves : « sauvages » et partielles dans le secteur public. Préavis pour le lundi.

2e jour...

Il faisait un froid de gueux en raison d'un vent glacé qui arrivait du nord de l'Europe.

Bien que j'aie conduit la 406 banalisée le plus rapidement qu'il fût possible à grand renfort de sirène et de gyrophare, il me fallut plus de quinze minutes pour arriver à Saint-Cloud. Sitôt sur place, je me heurtai à un bouchon d'une trentaine de véhicules : police, pompiers, ambulances, Samu, télé et même la sécurité civile. Ne manquait plus qu'une 4 L des services de l'hygiène publique.

Accompagné d'Ulrike Treshckow, de Hautes-Études et du Duck, je terminai le parcours à pied, et en courant.

Heureusement, le matin, je n'absorbe que du café, ce qui me fait fort peu à vomir en cas de besoin car, je l'avoue, la chose m'arrive encore à la vue de certains spectacles.

Je vis d'abord l'épave d'une grosse voiture et je perçus un fumet composite où je relevai l'odeur âcre du caoutchouc et des garnitures brûlées ainsi que celle de la viande grillée.

Tassés — mais ayant encore forme humaine — sur les ressorts métalliques des sièges, on distinguait assez nettement trois corps calcinés. Étrangement, celui qui occupait le siège du mort avait moins brûlé que les autres et du ventre ouvert sortaient des intestins d'un très inattendu gris bleuté sanguinolent.

— Le garde du corps !... me souffla un flic en civil, ajoutant : Ce qu'il reste du chauffeur est au volant. Tous les deux étaient de chez nous.

— Et celui qui est derrière ?... demandai-je.

Le flic eut une moue méprisante.

— Celui qu'ils devaient protéger.

— Mais encore ?

— Un directeur général de l'armement, je crois. Un ponte.

Je n'aimais pas trop ce flic, le genre bellâtre qui joue les mecs revenus de tout pour frimer devant les petites connes.

Intrépide, il se fit philosophe :

— Quand on voit ça, on s'interroge sur sa propre fonction. D'ailleurs, quelle est-elle ?

— Aujourd'hui, lieutenant de police. Demain, demandeur d'emploi si vous continuez ce numéro de con halluciné. Où est votre patron ?

Il me désigna un flic grisonnant qui tremblait de froid dans son pardessus trop léger. J'allai vers lui.

— Padovani, divisionnaire.

— Je vous avais reconnu, monsieur le divisionnaire. Éric Le Bihan, principal.

— Alors, Le Bihan, c'est quoi, ce bordel ?

— On vous a dit qui était la victime ?

Je hochai la tête tandis qu'Ulrike me rejoignait. Je fis les présentations :

— Ulrike Treshckow, chef de la police criminelle de Berlin. Commissaire principal Le Bihan, police locale.

Le Bihan sembla très impressionné.

— Mes hommages, madame.

Puis il se remit à trembler dans son pardessus bleu marine.

— On a une idée ?... questionnai-je en essayant, à mon tour, de ne pas claquer des dents.

— On a plus qu'une idée : un témoin.

— Où est-il ?

— À l'hôpital.

— Ça roule décidément très fort, cette enquête !... constatai-je en me demandant si je n'allais pas consulter notre psychologue nympho ès qualités de psy, pas de nympho.

D'autant que, histoire de faire effondrer les derniers vestiges de mon moral, et afin qu'il n'en reste pas pierre sur pierre, je vis arriver la chargée de com, Karine, à califourchon sur une Vespa bleu de Prusse conduite par l'assistant que j'avais viré. Elle tenait dans ses bras son pinscher goitreux que j'avais pourtant viré de l'enquête, lui aussi.

Espérant échapper à ce trio dantesque, je leur tournai le dos.

— Vous disiez, Le Bihan ?

— Le témoin est une nurse africaine comme il y en a beaucoup dans le quartier. D'après elle, ils étaient trois. L'un d'eux était au volant d'une camionnette et n'en est pas descendu, attendant les autres, moteur tournant. Un deuxième tenait un long tube qui a fait feu sur le véhicule du directeur général de l'armement. Le troisième tenait les passants en respect avec un pistolet-mitrailleur. Tous casqués, lunettes de protection, treillis gris-vert, gilets pare-balles. Très lourdement armés.

Il aurait fallu être très con pour ne pas comprendre.

— Pourquoi est-elle au Krankenhaus, cette dame ? s'enquit Ulrike.

Je précisai, en souvenir de mes cours d'allemand au lycée :

— Krankenhaus, hôpital.

— Eh bien... Elle a fait une crise de nerfs quand un de mes gars, celui avec lequel vous venez de parler, l'a menacée d'expulsion du territoire si elle n'en disait pas davantage. C'est idiot, elle avait certainement tout déballé.

— Ce mec est bien tout ce que j'imaginais. On aimerait se planter devant lui afin de bien observer comment c'est fait, un sale con. Autre chose ?

— Le tube. On pense qu'il s'agit d'un lance-roquettes de 73 mm modèle 50. Une charge trafiquée, en tout cas.

— Voyez ça et envoyez-moi le descriptif. Attention, ni fax ni e-mail, on opère par planton motocycliste. Voici ma ligne directe et mon portable.

Je lui tendis un bristol, réalisant brusquement que quelque chose clochait. J'adoptai un ton plus sec :

— Vous me cachez quoi, Le Bihan ?

Il ne paraissait pas à l'aise.

— Ça risque de vous déplaire, monsieur le divisionnaire.

— La plus désagréable vérité me sera toujours

plus agréable que le plus sucré des mensonges. J'écoute.

— On a les Services spéciaux sur le dos. Des mecs avec cartes de la Défense. Ils m'ont invité à ne pas trop vous en dire.

— Qu'avez-vous répondu ?

— Je les ai envoyés se faire foutre mais vous risquez de les avoir en doublette pendant votre enquête.

— Ça m'étonnerait. Merci, Le Bihan.

— Normal, patron, l'esprit de la maison.

Pensif, je sortis un bonbon à la menthe de la poche de mon blouson en cuir, ayant déjà fumé un demi-paquet de clopes depuis mon café du matin.

C'est l'instant que choisirent la chargée de com et son staff d'outre-tombe pour me tomber dessus.

— Antoine !

Personne ne m'appelle jamais « Antoine », prénom francisé à ma naissance. Pour mes parents et mes potes, c'est « Tonio », refusé par l'état civil à ma naissance, en août 1947.

Vexé, je jetai un regard noir à cette bonne femme, affichai un air haineux et oubliai son « Karine » pour quelque chose de fort différent :

— Tiens, Huguette !... Cette bonne vieille Huguette !

Vieux grenadier des rapports humains, elle passa outre et, m'arrachant des mains mon papier de bonbon, elle glapit :

— La Pie qui chante, voilà votre marque !... Notre futur préfet de police — si, si, j'en suis certaine ! — mange des bonbons La Pie qui chante. Antoine, pourquoi La Pie qui chante ?

— Parce que, pendant qu'elle chante, elle ne dit pas de conneries, elle !

Alors qu'Ulrike abandonnait le terrain en pouffant, Karine-Huguette arbora un rictus de mauvais prêtre.

— Je sens en vous une certaine hostilité, Antoine. Allons, mettons cartes sur table !

— J'ai pas trop envie de jouer au string-poker avec vous, Huguette.

Elle baissa ses paupières chargées de trois kilos de maquillage et, jouant la jeune fille échappée d'un pensionnat-prison :

— Je suis un être humain.

— Rien n'est moins sûr !... persiflai-je entre mes dents.

Ce fut Le Bihan qui, au bord de l'explosion interne, s'éloigna à son tour de quelques pas.

Elle essuya ses lèvres d'un revers de main, étalant son Rouge Baiser[1] sur sa tronche, et poursuivit, soudain joviale :

— Déjeunons ensemble !... Nous allons nous réconcilier devant une bonne entrecôte.

Karine ne me laissait pas le choix.

— Je suis pour l'interdiction des Karines carnées et des farines fardées. Enfin, le contraire, quoi.

Le Duck arriva, songeur, en se grattant le nez. Pour lui, celle que j'avais baptisée « Huguette » n'existait tout simplement pas.

— Patron, comment on va les ramasser, ces cadavres façon cendres de Pompéi ?

— J'en sais foutre rien, le Duck.

— Normalement, faudrait un aspirateur. Avec un sac neuf étiqueté pour chacune des victimes.

Huguette, qui nous la jouait à présent belle écervelée, nous interrompit :

1. Célèbre marque de rouge à lèvres.

— De quoi parlez-vous donc ?

Le Duck lui jeta un regard las.

— Des cadavres.

— Où ça, des cadavres ?

— Là, dans la voiture brûlée, les formes vaguement humaines !... répondis-je, soudain obligeant.

Huguette vomit immédiatement. Tout le petit déjeuner : le thé à la bergamote, les biscuits aux céréales censés favoriser le transit intestinal, la soupe à la papaye, le jus de carottes, les figues bio très fibreuses du docteur Mabuse, la madeleine de Proust et la merguez de Duras.

À noter : échappant des bras malingres du type au cercueil sur le dos, qui détala vers le scooter, le pinscher goitreux se jeta sur le dégueulis de sa maîtresse qu'il se mit à laper avec gourmandise, sans omettre de remuer sa queue aussi atrophiée que la main du Kaiser Guillaume II. Ce que voyant, Huguette lui balança un coup de pompe en pleine poire.

Fatigué de ce cirque, je hélai un brigadier rubicond :

— Holà ! brigadier rubicond !

Le bricard sembla étonné.

— Moi, c'est Grimaud, patron. Rubicond, il doit être d'une autre brigade.

Le Bihan, son supérieur, me jeta un regard un peu gêné et sourit pauvrement.

Je passai outre :

— Quoi qu'il en soit, brigadier, escortez madame et son clebs jusqu'à un scooter bleu de Prusse. Là, vous verrez un type genre...

— Escroc levantin !... coupa le Duck.

— Vous ne pouvez pas le rater. Là, si le trio ne dégage pas assez vite, lâchez une lacrymogène sans procéder aux sommations d'usage.

J'allais prendre congé de Le Bihan lorsque Ulrike, qui prenait sa mission d'étude au sérieux, lui demanda :

— Et à part ce triple homicide, comment ça marche en la ville de Saint-Cloud ?

— C'est calme. On a une boîte d'échangistes, Le Mirifique.

Je souris :

— Ça fait très cinéma de quartier des années 50, Le Mirifique...

Il hocha la tête et poursuivit :

— Un crime passionnel de temps en temps... Une vieille tante à héritage jetée dans une baignoire d'acide... Des broutilles. C'est conservateur, ici. Dans cette ville, même la flamme d'un briquet, pourvu qu'il soit rouge, ça suffit à provoquer la panique.

On entendit le bruit sec d'une grenade lacrymogène suivi du départ pétaradant d'un scooter : Rubicond venait d'accomplir son devoir.

*

L'appartement était surchauffé mais, plutôt que d'ouvrir les fenêtres, le propriétaire des lieux avait mis en marche un ventilateur hors d'âge qui malaxait un air recuit et vaguement fétide.

Albin Lécussan s'avança devant la glace puis remua le bassin. Satisfait, il recommença et observa son reflet dans une seconde glace placée en vis-à-vis. Ce qu'il contempla lui arracha un soupir pâmé.

Albin Lécussan était âgé de vingt-trois ans et poursuivait assez brillamment des études de médecine mais, en cet instant, rien ne comptait davantage que la vision de ses propres fesses qui s'agitaient dans la glace en pied.

Le jeune homme portait un soutien-gorge noir transparent ampliforme à bonnets doublés de mousse et coussinets pour sublimer le décolleté. Un article de lingerie griffé « Chuchotements ».

Pour le bas, il avait choisi un string noir de chez Lou avec dentelles sur le devant et maille satinée au dos. Ses jambes, assez fines, étaient gainées de bas noirs Opiance, quinze deniers, autofixants. Enfin, la peau très blanche se distinguait nettement à travers une nuisette noire transparente de chez Dim, un modèle coquin à profond décolleté dans le dos, agrémenté de bandes de tulle et muni de fines bretelles réglables.

Il remua ses hanches de plus en plus vite en murmurant d'un ton saccadé :

— Beau cul !... Quel beau cul !... Elle tremble bien, la tentante gélatine des fesses !...

Au comble de l'excitation, il approcha son visage de la glace et s'observa. Le maquillage était un peu outré mais soulignait la féminité naturelle du jeune homme qui psalmodia :

— Belle !... Tu es belle !... Tellement belle, la plus belle !... Ils te désireraient tous s'ils te voyaient comme ça !... Ils s'entre-tueraient entre mâles dans les prisons et les foyers d'immigrés rien que pour poser leurs grosses mains calleuses sur ce petit cul-là !

Son regard, très bienveillant, s'attarda sur son torse épilé et ses jambes rasées :

— Oh ! la belle salope que voilà !

Le mot « salope », qui lui rappelait un désagréable souvenir, altéra son joli minois. Son unique expérience homosexuelle avait été un fiasco. Il revit le petit hôtel sordide du quartier Barbès et le vieux Marocain esseulé qui l'y avait entraîné. Sa tenue sexy révélée au vieil homme avait allumé le regard de celui-ci qui avait en effet lâché le mot « salope » mais sur le mode admiratif. Jusque-là, tout allait bien. Mais alors qu'il s'attendait à voir son corps caressé, embrassé, adulé ; alors qu'il escomptait susciter une quasi-paralysie chez son partenaire vénérant pareille beauté, les choses ne s'étaient pas passées ainsi.

L'homme lui avait balancé une claque sonore sur le cul et l'avait pris debout, presque de force, entre le lit et le lavabo.

Sordide et douloureux.

Lécussan en avait conclu qu'il n'était pas du tout homosexuel. Il était une femme, une femme peut-être imparfaite, mais une femme tout de même. Et c'est en tant que femme précisément contestée, moquée, sans doute, si elle s'était révélée comme telle, qu'il se prit d'une véritable haine pour les travestis professionnels, ces prétendus artistes qui ridiculisaient les gens dans son genre.

Peut-être, mais qui saurait le dire, les jalousait-il.

En tout cas, il les tuait. De temps en temps...

8

Je n'avais pas trop le moral tandis que je ramenais ma petite troupe vers l'hôtel de police de la place d'Italie.

Ulrike, Hautes-Études et moi parlions vaguement de l'enquête, bien entendu d'accord pour penser que le meurtre du directeur général de l'armement était en rapport direct avec l'attentat du RER.

Tassé à l'arrière aux côtés de Hautes-Études, le Duck gardait obstinément le silence. Je savais qu'il avait un problème depuis quelque temps et pensais même deviner la nature de celui-ci. J'ai beau détester me mêler de la vie privée des autres, il est de fait que le Duck ne fonctionnait plus qu'à la moitié de ses capacités. Ce qui me faisait obligation d'intervenir dans l'intérêt du service.

Je m'éclaircis la voix et lançai :

— Au fait, le Duck, au retour tu pourrais passer me voir dans mon bureau, tu crois pas ?

Je captai son regard inquiet dans le rétroviseur intérieur puis il se détendit brusquement.

— Au fond, j'y pensais également, patron.

La neige tombait de nouveau.

*

Les pieds sur mon bureau, un café refroidissant dans une tasse, j'allumai une Camel et regardai le Duck qui, une bière à la main, allait d'un mur à l'autre comme un mec halluciné.

Je commençai d'un ton calme :

— Affaire de femme ?

— Oui.

— Quelqu'un de la boîte ?

— Une standardiste.

— Élodie ?

— Tout juste, patron.

— Ta femme est au courant ?

— Surtout pas. Pourquoi j'irais lui dire ?

— Ça se fait, affaire de respect.

— Vous avez fait ça, patron ?

— Je ne suis pas en cause, le Duck.

Il y eut un court silence puis je repris :

— T'es amoureux ?

— La passion.

— Et elle ?

— Idem.

— Vous vous voyez où ?

— Chez elle.

— Tes projets ?

— Justement... Pas question de quitter ma femme et mes gosses. Pas question non plus de quitter Élodie.

Je retins un soupir. Cette configuration-là, pour un homme, c'est le cas de figure le plus emmerdant qui soit. Pour une femme aussi, sans doute.

Cela dit, le Duck n'allait pas au plus facile. En effet, cette Élodie de trente-huit ans pouvait passer pour excitante parce que provocante. Cheveux longs, blonds — décolorés — et vaguement frisottants, belle poitrine, yeux tantôt innocents, tantôt franchement vicieux, bouche suggestive... Il était très loin d'être le premier mais l'ignorait sans doute, moi-même l'ayant appris, qu'on se rassure, en qualité de divisionnaire auquel revient à peu près tout ce qui peut se produire ici.

Il risquait de souffrir.

Elle vivait séparée de son mari, traînait un gosse ingrat d'une dizaine d'années et cherchait certainement à se caser.

C'était aussi le genre de fille qui plaisante un peu trop avec les mecs et aime créer des situations ambiguës. Elle allait, paraît-il, jusqu'à regarder d'autres types et leur sourire, tandis qu'elle était au restaurant avec vous. Ou bien, au volant à un feu rouge, elle ne se gênait pas pour regarder avec insistance les types de la voiture d'à côté, comme si vous n'étiez pas là. Enfin, elle pouvait en simulant les grands cœurs héberger pendant une dizaine de nuits un petit puceau qu'elle connaissait à peine au motif qu'il ne savait pas où loger, son propre lit faisant dès lors l'affaire. Il semblerait donc qu'au pire c'était une roulure, au mieux une tête à claques. Le contraire d'une véritable amoureuse ne jurant que par un seul homme, ne cultivant aucune ambiguïté, inapprochable, irréprochable et devenant glaciale dès lors que les mecs se montraient à peine entreprenants.

Les femmes telles qu'on les aime, celles qu'on ne quitte jamais.

Pauvre Duck !

Je tirai une longue bouffée de ma cigarette puis,

soufflant avec application quelques cercles vers le plafond :

— Le Duck, il faut quand même que tu saches une chose... L'adultère, c'est comme le crime parfait : ça se prépare froidement.

Il tira une chaise et s'assit à califourchon en face de moi.

— J'ai rien vu venir, patron. Ça m'est tombé sur le coin de la gueule. Je m'étais dit : il faut que je la baise le plus possible et puis ça va me passer. Mais c'est tout le contraire.

Je regardai l'extrémité de ma cigarette.

— Je sais. Et puis on dit des trucs qu'on trouve géniaux : sous ta petite culotte, ma plage... Sur mes doigts, l'odeur de toi plus douce que le miel et le pain d'épice... Et on s'aperçoit qu'elle n'écoute même pas.

— Patron, rien que sa voix sur la messagerie de mon portable me fait bander.

Un jour, cette voix ne lui fera plus aucun effet. Il en arriverait même à se demander comment il a pu être tellement amoureux. Normal, cette fille à sa manière trop raisonnable ne le suivait pas dans son monde. Oui, un jour, il ressentira pour elle un vague dégoût, mais nous n'en étions pas là.

— Qu'est-ce que je peux faire, patron ?

— Difficile de donner un conseil...

— Tout est contre moi. Même son petit trois-pièces, il est situé rue de la Lune. Lune, c'est vachement évocateur, non ?

— Elle est saine, au moins ?

— Comment ça, patron ?

— Veneral desease[1] ?

— Pas de problème. Jusqu'ici, ma vaillante biroute ne dégorge pas d'humeurs mauvaises. Si elle se mettait à couler, vous pensez...

— C'est drôle, je pensais... Un nœud coulant, ça peut relever du vénérologue ou du bourreau.

— C'est très vrai, ça, patron. Tiens, je vais vous donner une preuve : elle est tellement amoureuse que quand je vais pisser elle me tient la quéquette.

— C'est un petit boulot comme un autre, le Duck.

— Et puis elle aime baiser en forêt.

— Le côté garden partouze, je suppose.

Il ne m'écoutait plus, poursuivant :

— Faut que je me vide en elle, sa chatte, sa bouche, son cul... Faut que je l'investisse de partout, que j'occupe bien le terrain, que je laisse pas de place aux autres.

Il réfléchit et continua :

— Patron, je me comprends plus : pourquoi épouser une femme vertueuse et être attiré par les salopes ?

— Qu'est-ce que tu mets derrière le mot « salope » ?

— Je voulais dire... Je crois que j'aime les femmes qui ne savent pas dire « non » à une queue, patron.

J'ouvris un tiroir et balançai deux Efferalgan dans un gobelet en plastique. Il avait réussi à me filer un vrai mal de tête.

— Écoute, le Duck, je suis un homme, moi aussi, et je suis loin d'avoir fait le tour des choses

1. Maladie vénérienne.

humaines. Tout ça, j'en sais rien. Vos problèmes de cul, c'est compliqué et malheureusement ça perturbe nos enquêtes.

— À part moi, qui c'est qu'a des problèmes de cul, patron ?

— Tu sais bien... Par exemple Primerose et son dernier fantasme à la con dont il rêve jour et nuit : prendre Raffarin en levrette dans un lit à baldaquin.

— Il peut pas rater l'objectif, remarquez...

— Et Hautes-Études avec cette nana, Évita. Elle l'excite parce que c'est une femme mariée et qu'elle le suce dans sa voiture à elle pendant que le mari travaille. Moi, je trouve ça vraiment crado, mais c'est pas le problème. Le problème, c'est qu'on a plein de boulot.

— Comment je peux faire ?

— Je sais pas, fais-toi peur. Tiens, imagine qu'avec le progrès on te greffe un petit compteur sur la queue et que le soir, en rentrant du boulot, ta femme relève consciencieusement ton compteur de quéquette.

Il parut horrifié.

— Ce serait abominable !... C'est une atteinte aux droits de l'homme. Faut saisir la Commission informatique et libertés ! Faut...

Je le coupai :

— Restons simple. C'est gérable, vos histoires, vous devez vous maîtriser un peu, c'est tout.

Il me regarda d'un drôle d'air, puis :

— Vous ne craquez jamais, vous, patron ?

J'observai deux pigeons abrités sur l'appui d'une fenêtre voisine. Ils avaient l'air heureux d'avoir échappé aux flocons et devaient roucouler d'allégresse, tels des élus UMP un soir d'élections truquées. Je soupirai.

— Craquer pour qui ? Pourquoi ?

— Pourtant...

— Pourtant, quoi ?

— Vous avez des occasions. La psy, quand elle vous voit, elle tortille du valseur. Si vous vouliez, vous pourriez ouvrir votre parachute au-dessus de son plumard et atterrir directement sur zone.

— Tu crois ?

— C'est sûr, patron. Comme la chef de la police germanique, comment qu'elle vous regarde, indulgente, tendre, prête à rire dès que vous sortez une connerie.

Je me raidis.

— Parce que je dis des conneries, moi ?

— Non, c'est juste une expression.

— Bon, ben, restons-en là, veux-tu ?... Tu gères ton histoire comme tu veux, mais tu te consacres davantage au boulot. Tout le monde nous mate, tout le monde nous guette, la hiérarchie est prête à nous crucifier et les terroristes à nous flamber comme des canards laqués. Faut qu'on prenne en compte toute la sollicitude qui nous entoure, vu ?

— Vu, patron.

Il se leva. Je ne pensais pas l'avoir vraiment convaincu.

9

J'étais dans mon bureau lorsqu'un motard m'apporta ce foutu paquet de photos directement de chez le directeur, avec prière d'appeler ce dernier dès que je les aurais consultées.

Observant le motard qui tenait son casque sous le bras, je retins un sourire et fis venir Primerose.

On me jugera peut-être sévèrement, mais je dirai à ma décharge que j'agis ainsi par faiblesse et par gentillesse : dès qu'un motard ou un garde républicain sur deux roues se présente, je trouve un prétexte pour permettre à mon subordonné de se mettre en selle derrière le mec.

Primerose entra et dévora du regard ce flic, un petit brun râblé prénommé Ramon ou Raymond, QI de 0,2, qui se disait par ailleurs prof de karaté et faisait, dit-on, un malheur chez les pétasses.

Je pris un air lointain et, à Primerose :

— Capitaine, allez remercier le directeur de ma part.

Une bien pauvre raison. J'ajoutai :

— Tenez, profitez de la moto, montez donc en croupe.

Primerose comprit peut-être « montez donc sur la

croupe à Raymond », en tout cas, il lui jeta un regard gourmand, ce que voyant le flicard roula dans ma direction des yeux effarés.

Je me sentis obligé de le bousculer un peu.

— Eh bien, je parle volapük, ou quoi ?

Enfin seul, j'ouvris l'enveloppe kraft marquée « Confidentiel » et regardai les photos.

La routine.

On y voyait un cadavre décomposé pris sous plusieurs angles. Je saisis ma loupe : le type était vraiment très abîmé. Pour décor, un bras de mer sous un ciel bas, des épaves : il s'agissait d'un cimetière de bateaux.

Je m'obligeai à ignorer le cadavre pour n'observer que les navires, certains échoués sur le côté, d'autres dont ne dépassait que la proue.

Je ressentis une profonde tristesse. Ciel gris, eau grise, sombres navires aux mâts brisés et aux cheminées effondrées. Sur le dernier cliché était collé un Post-it. Je déchiffrai une écriture tourmentée : *Proximité Lorient. Lanester-Kerhery : cimetière de bateaux. Voisinage pont du Bonhomme sur la rivière le Blavet.*

Je punaisai la plus belle des photos — on n'y voyait pas le cadavre — sur le tableau de liège qui tapisse un des murs de mon bureau, posai un CD d'Otis Redding sur un lecteur « Made in Corea » puis demeurai assez longtemps songeur, laissant mon esprit vagabonder du côté de ce cimetière de bateaux.

Le téléphone sonna un quart d'heure plus tard et je reconnus la voix irritée du directeur.

— Eh bien, Padovani, vous êtes mort, ou quoi ?

J'ôtai Otis et répondis d'une voix désarmante de gentillesse :

— Seriez-vous en train de me gronder, monsieur ?

Un instant déconcerté, il finit par questionner :

— Avez-vous reconnu le cadavre ?

— Impossible, monsieur, il est dans un état de putréfaction trop avancé. Mais dites, c'est quoi l'espèce de long serpent blanc à côté du corps ?

— Sa colonne vertébrale. Elle a été extraite de son vivant, c'est même ce qui l'a tué, bien qu'il ait aussi reçu une balle. J'imagine... Je pense que la colonne vertébrale, ça signifie que, de son vivant, il avait été trop souple, il avait trop souvent ployé l'échine...

Pour une fois, un de ses raisonnements tenait la route.

— Pas con.

— Merci.

— Qui c'est ?

— Charles Ebering, ancien ministre, ancien député et actuellement député européen, là où on met les ratés et les fins de carrière. Vous y êtes ?

— Oui. On l'appelait « la Vitrine » de son parti et c'est sans doute pour ça qu'il était contre les bris de glace. Franchement, je ne l'estimais pas.

— C'était un con, d'accord, mais ce n'est pas le problème. Il a eu une belle carrière.

— Je sais. Ce petit salaud faisait tapisserie dans le petit salon de De Gaulle dès les années 60 avant de rallier les sauces-dem, enfin, le PS en 81... En quoi la mort de ce type me concerne-t-elle ?

— Un ancien ministre de la Défense assassiné après un directeur général de l'armement, vous n'y voyez pas un lien éventuel ?

— Si, bien sûr, j'y ai pensé, mais il faudrait analyser toute sa carrière et, vous devriez le savoir mieux que quiconque, je n'ai pas que ça à foutre. Tout le monde est aux abois. Time is running, Sir[1].

Il y eut un silence consterné. Je repris :

— C'est un travail de taupe, le côté léniniste du business... Je vous propose plutôt de détacher quelqu'un là-dessus.

— Ah, Padovani, c'est difficile, ça...

— Il perchait où ?

— Avenue de Saxe.

— Bon, on sait comment il a été réalisé[2]. La balle, c'est quoi ?

— Une 11,43 dans la cafetière.

— Temporal ? Facial ? Pariétal ? Occipital ?

— Dans la nuque.

J'allumai une Camel.

— Qu'est-ce qu'il foutait à Lorient ?

— Justement, rien. Il n'était pas censé y être. On l'a vu gare du Nord puis en Belgique, par le Thalys de 8 h 55, arrivée à Bruxelles gare du Midi à 10 h 20. Là, on l'a aperçu en plein cafouillage entre la gare de Brussel Zuild et Bruxelles Central. Micmac bizarre. Et puis il y a ce gendarme qui prétend l'avoir vu à Cherbourg le lendemain du côté des quais, l'ayant repéré en raison d'un comportement étrange.

— Attendez, Cherbourg, c'est loin de Lorient, ça.

— C'est ce que j'ai pensé aussi. Du coup, les gendarmes ont fait le forcing et on a appris qu'Ebering est descendu à Cherbourg à l'hôtel Bonsaï.

— Bonsaï ?... C'est un hôtel pour nains ?

— Non, ça existe. Mais c'est pas le genre du ministre.

1. Le temps presse, monsieur.
2. Tué.

Je soupirai.

— Je ne peux rien pour vous. C'est une affaire à traiter à part, pas question d'y affecter un gars de mon service.

— Alors je mets Sainteny sur le coup ?

— Je vous le déconseille, c'est un con Un et Indivisible. Trop lourd, trop bavarois dans la manière. S'il faisait une filature à Paimpol, il se déguiserait en moule géante en espérant passer inaperçu.

— Jacquottet ?... C'est une fine mouche.

— Faites la fine bouche devant cette fine mouche-là. Lui et sa voix à la Rina Ketty.

— Pingeot ?

— Aussi pourri que son père flic sous Vichy. Et frimeur, avec ça. S'il osait, il mettrait un feutre rabattu sur les yeux et enquêterait en hispano.

— Mais qui, alors ?

— Nollet[1]. Celui-là, c'est un grand flic. J'ai du respect pour lui.

— Mais il est incontrôlable.

— C'est aussi pour ça que c'est un grand flic.

— Bon, je crois que je vais vous écouter. Au fait, je peux quelque chose pour vous ?

— Bien entendu : ôtez-moi des pattes cette horrible chargée de com. J'en ai marre de ce charognard, marre qu'elle offre son profil d'oiseau de proie daltonien aux caméras en disant les pires conneries qui sabotent mon boulot.

— Ça, je ne peux pas, Padovani, ça vient de trop haut. Faut comprendre... Ils travaillent beaucoup l'image, c'est comme ça qu'ils ont écrasé Jospin.

— Jospin n'a eu besoin de personne pour s'écraser, il a fait ça tout seul.

1. Cf. *La Nuit des Chats bottés*.

Il hésita puis, d'un ton angoissé :

— Vous ne me laisserez pas tomber, hein, Padovani ?

— Même pas en enfer, parce que j'ai engagé ma parole.

— Merci !

Je raccrochai, me levai et contemplai le cimetière de bateaux en imaginant ces navires un demi-siècle plut tôt entrant à Valparaíso, Santiago de Cuba, Port-Élisabeth, Al-Jawarah ou Arkhangelsk...

Ah ! foutre le camp, partir enfin loin de tout ça !

*

Watban Kazar fit le tour du camion, l'observant d'un œil critique sans lui trouver le moindre défaut. Tout semblait parfaitement conforme à ce que l'on pouvait attendre de ce genre de véhicule. Outre son aspect extérieur, les papiers étaient parfaitement en règle en cas de contrôle de routine. Cependant, s'il fallait envisager des investigations plus poussées, les choses risquaient de se compliquer.

L'ancien colonel saisit dans la poche de sa veste son paquet de Winston puis se ravisa en songeant que ce serait imprudent.

Il sortit du grand hangar situé en périphérie d'une petite ville de Seine-et-Marne, jeta un regard morne à la neige qui tombait et alluma sa cigarette en murmurant en arabe :

— Il faudra prendre garde au verglas.

Il éprouvait une réelle satisfaction, parvenant sans difficulté à se convaincre que les deux mois de travail sur le camion ne seraient pas inutiles.

Il imagina ce qui allait se produire bientôt et, sourire aux lèvres, lança dans un français approximatif :

— Vous, vous n'allez pas rire, monsieur Padovani.

*

Au même instant, dans un quartier nord de Paris, Klement Malinovski pénétrait dans un vaste studio situé sous les toits.

Il secoua la neige de son pardessus, adressa un signe de tête à Mahmoud Tabaqjili qui avait un instant baissé ses jumelles puis observa les deux femmes mortes sur le lit.

— La seconde, c'était indispensable ?

— Une voisine insistante. Inévitable !... répondit l'homme aux jumelles.

Une des deux femmes, celle qui venait d'être tuée, était allongée sur le ventre, sa minijupe remontée sur ses hanches. De belles jambes gainées d'un collant noir presque transparent et apparemment pas de culotte, mais, s'approchant, Malinovski comprit qu'elle portait un string qui ne dissimulait rien de ses fesses.

D'un geste vif, il tourna la tête de la femme et contempla son visage. C'était une belle brune aux grands yeux noirs. Une courbe gracieuse retroussait sa lèvre supérieure, découvrant des dents magnifiques.

Il fut pris d'un fugitif regret pour cette femme étranglée et celle, poignardée à hauteur de la carotide, qui gisait à ses côtés.

Par manque de chance, elles avaient interféré dans quelque chose qui dépassait de beaucoup leurs pauvres vies.

Il haussa les épaules en regardant les deux jeunes femmes et murmura :

— Cadavres exquis...

Puis, plus haut, emporté par un brusque accès de colère :

— Je préfère les cadavres exquis aux vivants qui puent !

Tabaqjili répondit d'un ton morne :

— Les rondes de police sont très irrégulières. Ça complique les choses.

— Ça n'empêchera rien !... répondit l'ex-colonel français.

10

La fatigue commençait à marquer les traits des membres de mon équipe : heureusement, on ne m'avait accordé que cinq jours pour boucler l'enquête avant d'être muté dans je ne sais quel service oublié.

Ulrike sur les talons, je battis le rappel de mes troupes, ayant décidé de leur offrir un restaurant, histoire de ranimer tous ces braves cœurs fléchissants.

Le capitaine Primerose, qui aimait faire dans la tradition, avait menotté un type au radiateur tandis qu'un petit bout de femme, debout, s'indignait.

Le menotté était un type massif, genre lutteur de foire, qui roulait des yeux craintifs et cherchait la protection de son amie, une dominante d'un mètre cinquante dont la silhouette rappelait une épingle à cheveux.

J'entraînai Primerose à l'écart.

— C'est quoi, ce tandem Villeroy et Boch ?

— Un couple pas très clair, patron. Lui, c'est le genre artiste nu, et la pétasse, c'est son agent. Dunœud devait jouer un petit rôle dans la comédie musicale *Pepsi la Colombe et la Biroute magique* mais, en attendant, il se produit au Canard bleu, la boîte où chantait feu-Riquita Khrouchtchev.

— Ah, la fameuse *Biroute enchantée.* Avec Chantal Goya...

— Pardon, patron ?

— Rien.

Je m'approchai du gros balaise.

— Tu devrais balancer ce que tu sais, gringo : c'est certainement moins grave que ce que tu imagines.

La demi-portion s'interposa, impérieuse :

— Foutez la paix à mon bichon !

Je l'écartai d'un geste négligent, me concentrant sur le gros.

— Écoute, bichon, je crois devoir t'informer que si tu coopères pas, t'es peut-être assez mal barré sur ce coup-là. Si tu veux, les choses peuvent être très différentes. Par exemple, je te fais monter un hot-dog et de la bière, tu te détends, tu fumes une clope ou un pétard, tu deviens cool, on te détache et tu racontes ce que tu sais sur le meurtre de Riquita Khrouchtchev.

— Mais comment ?...

— Attends, t'as bossé dans la même boîte, t'as vu toutes sortes de tronches, les habitués et puis les autres, les nouveaux... Peut-être un type au regard un peu trop insistant, quelqu'un qui t'a mis mal à l'aise, tu vois ?

Le bichon hésita, mais Demi-portion, sa légitime, lui fit signe de se taire.

Je commençais à m'énerver :

— Primerose, vire-moi cette greluchonne !

Puis, me retrouvant seul avec le bichon :

— Écoute, pépère, qu'est-ce qu'il y a : tu te plais trop avec nous ? Tu veux rester coûte que coûte ?

— C'est pas ça !... risqua-t-il.

Bichon, étrangement, avait une langue noire villeuse. Une langue de chow-chow. Et, n'empêche, ça fout les jetons ce genre de détail dermatologique.

Je pris ma décision.

— Bon, on va te mettre dans une petite cellule bien exiguë, exposée plein nord, et c'est con parce que quelque chose me dit que le chauffage sera en panne. Pour commencer, on va t'y laisser une paire d'heures, ou deux, et quand le capitaine Primerose se pointera, tu lui balanceras ce que tu sais. Comme ça, tu fais coup double : tu sauves les apparences et tu retrouves ta petite copine autoritaire. C'est pas beau, ça ?

— Non !... répondit le chow-chow en affectant une mine boudeuse à la Bardot mais, dans son cas, assez spécifique, ça lui dessinait des lèvres façon chambres à air pour pneus d'autobus.

— Pourquoi ?... insistai-je.

— Elle me bat !

— Ah, la petite peste !... répondis-je en souriant.

Un peu las, j'ordonnai qu'on conduise le type dans une cellule bien froide : jusqu'ici, seul un dealer d'origine suédo-esquimaude y avait résisté toute une nuit.

Puis je quittai la pièce et rejoignis Ulrike et Primerose qui m'attendaient.

Le capitaine semblait contrarié. Je m'enquis laconiquement du problème.

— Alors ?

— C'est pas un homo qui a fait le coup, patron.

Primerose n'a pas souvent de certitudes mais, lorsque la chose se produit, ça se vérifie dans cent pour cent des cas. Je soupirai.

— Qui que ce soit, fous-moi ça en cabane. Mes

maigres forces sont trop dispersées, faut se magner sur les affaires annexes et resserrer vite fait sur l'essentiel. Je compte sur toi ?

— Un tueur de pédés, j'en fais une affaire personnelle. Dans vingt-quatre heures, je le balance à vos pieds.

Je pris son menton au creux de ma main et le regardai dans les yeux en souriant :

— Je ne déteste pas quand tu es un peu théâtrale, sais-tu ?

Dans le hall, la fameuse Élodie qui faisait souffrir notre Duck nous aperçut. Mine de rien, elle recula son siège à roulettes afin que l'on puisse observer sa mini-jupe ultra-courte. Elle avait des cuisses très maigres et plutôt tristes. Je n'apprécie pas qu'on m'allume.

Je m'approchai, faussement bienveillant, me penchai vers elle et lui soufflai :

— Continuez comme ça et vous ferez une belle carrière dans la police. Ou n'importe où ailleurs.

Puis, voyant arriver sans leur scooter bleu de Prusse le pinscher goitreux, l'assistant au cercueil en sac à dos et la chargée de com, je battis en retraite vers les ascenseurs menant au parking.

Une voix façon sirène de la Gestapo hurla :

— Antoine !

La porte de l'ascenseur se referma derrière moi. Primerose, d'humeur frondeuse, risqua :

— Vous avez un petit ticket, patron. Elle vous fait pas d'effet ?

— Autant que Roselyne Bachelot en string panthère.

Au sous-sol, nous étions attendus par le Duck, Hautes-Études et Florence.

Le Duck avait acheté d'occasion une nouvelle bagnole, étroite et haute sur pattes, une japonaiserie étrange façon camionnette vitrée appelée « Hiace ». Une main facétieuse avait déjà ajouté au gros feutre un inévitable « C » devant le « H » de Hiace.

— Elle est singulière, ta caisse !... lançai-je, histoire de dire quelque chose.

Le Duck eut un sourire crispé.

— Elle fait quand même 8 CV !

— 8 CV ?... C'est pas trop, ça, pour une tondeuse à gazon ? se moqua Primerose.

Finalement, quoique serrés, Ulrike, Florence, Primerose et Hautes-Études s'entassèrent dans mon Alfa tandis que le Duck suivait tout seul au volant de son Hiace.

Nos deux bagnoles arrivèrent au parking des Patriarches, à proximité de l'église Saint-Médard. Hautes-Études sauta de voiture, s'approcha de la cabine vitrée, exhiba sa carte tricolore à l'employé en lui glissant un billet.

Nous passâmes.

Remontés à l'air libre, nous dûmes attendre le Duck qui arriva écumant de rage :

— Vous savez quoi ?... Ce fils de pute, là, dans sa cabine, j'ai failli le flinguer ! Il voulait me refuser l'accès en disant que les fours micro-ondes, même montés sur roues, ils n'avaient pas leur place dans son parking de tarlouses.

— Doucement sur les tarlouses, lieutenant ! gronda Primerose pour la forme.

Il fallait un peu marcher, je m'attardai avec le Duck.

— J'ai pensé à ton problème et j'ai retrouvé un petit texte. Lis ça.

Je lui tendis un papier qu'il déplia et lut avidement : « L'*amour* véritable, le seul qui compte et qui vaille, est l'amour passion, l'amour total, absolu, celui qui occupe les forces entières de l'être et fait tomber par son seul contact les défenses ridicules de la morale et de la raison. »

Il émit un petit sifflement puis :

— Vachement bien ! C'est de qui, patron ?

— Léon Blum, début du siècle précédent. Tu comprends pourquoi leur socialisme, c'était autre chose que la merdouille actuelle ?

— Ouais, bonjour la régression !

Je n'avais rien eu à dire quant à notre destination, les autres nous attendaient devant chez Founti Agadir dont j'étais le plus ancien client, ayant fait l'ouverture en 1980. C'est là que par tradition nous fêtons nos victoires ou tentons de chasser notre blues, dans ce restaurant qui est sans doute le meilleur marocain de Paris.

Naïve, Ulrike me demanda :

— Il y a un plan de table ?

— Bien sûr, ça se règle à coups de lattes mais pas le droit de taper dans les...

J'hésitai une seconde. Elle suggéra :

— Les couilles ?

— Eh... eh bien, voilà !

Elle me jeta un regard attendri, preuve s'il en était besoin qu'elle attendait de grandes choses de ma part.

Reçus chaleureusement, nous prîmes place autour d'une table ronde. Safety first[1], Primerose disposa de part et d'autre de son assiette un pot de harissa et un tube de « Préparation H ».

1. Prudence d'abord.

J'étais assis entre Ulrike et Florence. Fascinée, celle-ci me glissa :

— Pourquoi Primerose fait ça, patron ? C'est suicidaire !

— Mais pas sans grandeur !

Plus loin, comme le Duck s'enquérait des amours de Hautes-Études, celui-ci répondit d'un air sombre :

— Trop de brandade, pas assez de morues.

— Distingué !... remarqua Florence, écœurée.

Moi-même un peu confus, je lui laissai choisir les apéritifs. Ravie, puisque c'est son grand truc, elle commanda des Salky Dog, un long drink composé de vodka et de jus d'orange, verres givrés au sel.

J'étais heureux de les voir tous là, déconneurs, soiffards, affichant un côté paillard qui ne ressemblait pas à leur vérité. Ça paraît fou, mais je n'ai jamais vu un tel regroupement de petites fleurs bleues, sentimentaux à l'excès et vulnérables, si vulnérables malgré leur redoutable artillerie ambulante.

J'étais surtout heureux de les voir vivants, sachant que ça ne durerait peut-être pas. Sachant aussi que s'il arrivait le moindre accident j'en aurais le cœur brisé.

Après les briouates vinrent les couscous, pour les mecs, et les tajines, pour les nanas. Les bouteilles de boulaouane gris me donnaient l'impression de ne faire que passer, sans avoir le temps de s'attarder.

On n'évita pas, à cause des filles, les pâtisseries orientales mais elles durent en passer par la boukha, une eau-de-vie de figue incontournable.

Puis ce furent les cafés, la sortie des paquets de clopes et l'instant trop longtemps différé de parler de notre business.

*

Malinovski avait remplacé Tabaqjili aux puissantes jumelles de marine.

D'une voix morne, il annonça :

— 15 h 21, patrouilleuse de marque Citroën, modèle Xanthia blanche à bandes bleues et rouges marquée « Police » sur les flancs. Trois hommes à l'intérieur.

Tabaqjili, assis dans un fauteuil, prit note puis contempla une des deux mortes, l'Européenne étranglée.

Il avait discrètement descendu la mini-jupe sur les fesses de sa victime. Des fesses qu'il avait connues de très près lorsque ce petit corps adorable vivait encore.

Il soupira et se dit que c'était la faute de ces annonces sur Internet. Et que l'analyse de son sperme ne donnerait rien : qui le connaissait, dans ce pays décadent ?

11

Nous sortîmes du restaurant vers 16 heures et, à peine dehors, nous allumâmes nos portables d'un même geste, au même instant : savoir éteindre ces machins, c'est aussi défendre un art de vivre.

Cependant, toutes nos messageries étaient saturées, comme si le réel attaquait en force. Normal : l'attentat du RER faisait encore la une de tous les canards.

Nous écoutâmes patiemment puis échangeâmes des regards mi-amusés, mi-consternés.

J'attirai un instant Hautes-Études et le Duck à l'écart :

— Les gars, c'est pas pour vous parler de vos fabuleuses maîtresses...

— Élodie et Évita, patron.

Ils m'agaçaient, avec leurs idées fixes.

— Éludons Élodie et évitons Évita, d'accord ?... Parce que, loin des félicités sublimes, le boulot continue et manifeste de dures exigences !

Hautes-Études rechigna.

— Mais c'est dans la passion que l'artiste trouve l'inspiration !

Je soupirai. Ils sont fatigants, parfois. Puis, d'un ton las :

— Quoi qu'il en soit, je veux deux choses en vitesse. Hautes-Études, tu t'occupes des militaires. J'attends un topo sur les spécialistes en explosifs.

— Les militaires français ?

— Oui, pour l'instant. Du deuxième classe au général, y compris les mecs qui se sont contentés d'un stage pourvu qu'il soit tout de même conséquent. Mais n'oublie pas, nous cherchons un type en rupture. Le directeur t'a préparé le terrain aux armées, tu ne devrais pas avoir de complications. Ton interlocuteur s'appelle Delage, c'est un lieutenant-colonel. La bonne nouvelle, c'est que je peux t'affecter une demi-douzaine de mecs d'autres services pour t'assister. Easy, isn't it ?

— Vu.

Le Duck attendait.

— Toi, le Duck, tu vas vendre à Brégégère l'assistance de Florence dans l'affaire du serial killer pédophile. C'est un solitaire, tu devras faire preuve de doigté mais essayer la petite, c'est l'adopter.

— Très bon flic !... dit-il en hochant la tête.

Je repris :

— Tu sais comment est Brégégère, mystérieux et tout et tout. Cependant, si tu dis rien là-dessus, je vais te faire une confidence : il m'a laissé entendre qu'après ces semaines d'enquête il est sur le point de conclure. Ça serait pas du luxe, parce qu'il me faut tout le monde contre l'adversaire principal.

Hautes-Études secoua négativement la tête.

— Justement, Pado, tu prends un grand risque. Si on apprend que tu ne lâches pas tes autres affaires, les politiques vont te crucifier.

— À propos, patron, et Primerose avec ses histoires de travelos ?

— Lui, j'ai sa promesse. Et ça vaut celle de la Banque de France.

*

Devant l'hôtel de police se déroulait une manif de Harkis, mais il s'agissait d'un groupuscule ossifié, aussi extrémiste que peu représentatif, soutenu par des jeunes gens blondasses en blouson de cuir. Suffisamment accablés par l'Histoire, les malheureux Harkis ne méritaient pas ça.

Je fus obligé, pour me frayer un chemin, de coller le gyrophare mobile sur le toit de la bagnole.

Ulrike ne me loupa pas :

— Vous aussi, vous avez eu vos collabos, non ?

— Eh oui, mais bien mal harki ne profite jamais...

Un grand mec aux yeux bleus hystéros façon « les aventures de Heidi » me barra le passage. Vu ce que je ressens pour les fachos, j'aurais très volontiers roulé dessus mais la maison ne dispose, hélas, pas de Kärcher pour le nettoyage des pare-chocs.

Je descendis en m'efforçant au calme. Il avait une tête de plus que moi, qui mesure tout de même un mètre quatre-vingts, mais il était loin du mètre quatre-vingt-quatorze du Duck. Il me provoqua benoîtement :

— T'as un problème, man ?

— Des problèmes, j'en ai des milliers, pauv'con. Dégage ta viande pourrie.

Il regarda au-delà de moi et pâlit. Surpris, je me retournai. Ulrike tenait à deux mains un Smith & Wesson 357 à canon de trois pouces sorti probablement de sa jarretière. Elle avait une position d'école un peu académique avec toutefois cette petite touche qui indiquait qu'elle avait déjà tiré en opération. Et puis le regard. Un regard à travers lequel on voyait passer les armées allemandes, depuis les barbares massacreurs des légions romaines de Varus aux divisions du Kaiser sans oublier les chevaliers teutoniques, bref, ces millions de mecs qui ignoraient, hélas, tout du Tranxen.

En tout cas, le merdeux s'écarta en courbant l'échine.

Nous remontâmes dans l'Alfa.

— Merci. Efficace !... lui dis-je.

Elle répondit avec modestie :

— L'entraînement, rien de plus.

*

On m'attendait dans mon bureau. Le genre de visite assez éprouvante, mais il eût été spécialement odieux de me dérober.

Il s'agissait de la mère d'un tout petit enfant âgé d'un an lors de sa disparition, voilà près de quatorze mois.

Pour Brégégère, chargé de l'affaire, ce cas posait problème car il s'avérait différent des autres. En effet, jusqu'ici, le tueur pédophile avait toujours suivi très exactement le mode opératoire initié lors du premier meurtre d'enfant dont on avait découvert le corps, rue Bleue.

Procédure simple : sur les lieux de l'enlèvement, on trouvait une rose noire en papier de soie d'une si grande finesse qu'on l'eût facilement imaginée réelle — à ceci près que les roses noires n'existent pas.

Une semblable rose noire était déposée à proximité du cadavre d'un petit enfant violé et parfois étranglé, parfois la tête fracassée par un objet dont le labo, qui avait relevé de microscopiques fragments, pensait qu'il pouvait s'agir d'un lourd cendrier en grès. Ce scénario s'était déjà déroulé à six reprises sans que le tueur déroge à ses habitudes... à une exception près. Cette exception, c'était Joachim, le fils de cette femme qui m'attendait, et qui avait aujourd'hui un peu plus de deux ans. Exception, il l'était à double titre. On n'avait jamais retrouvé son corps, première anomalie, et toutes les autres victimes étaient âgées de cinq à huit ans, ce qui est tout de même très différent.

Était-ce suffisant pour que je garde espoir et le communique à sa mère ?... On ne ment pas à une mère qui cherche son enfant et, quoi que je dise, elle avait immédiatement perçu que moi, moi seul, j'y croyais encore.

Je n'avais, dans mon pauvre carquois, que ces deux flèches qui relevaient d'une certaine rationalité : absence du corps, âge incompatible avec toutes les précédentes affaires. De cela, il eût été abusif d'inférer que l'enfant était toujours vivant. Et que pesait mon instinct qui, lui, me soufflait avec insistance que l'irréparable n'avait pas été commis ? Quoi qu'il en soit, je ne me résignais pas à marquer « VR [1] » sur ce dossier.

Je demandai à Ulrike de demeurer à mes côtés, sachant que la présence d'une femme adoucissait les choses.

La mère me regardait pleine d'espoir, malgré tout ce temps enfui depuis l'enlèvement.

Je jouais une partie délicate. Le travail de bénédictin de Brégégère commençait à payer. Dans ce genre

1. « Vaines recherches », c'est-à-dire « dossier vide ».

d'affaire, le climat est fondamental. Je croyais Brégègere lorsqu'il m'assurait que le vent tournait et qu'il sentait la victoire, qu'il avait une arme secrète qu'il ne pouvait absolument pas me révéler mais qui allait s'avérer efficace d'un jour à l'autre.

Je fis preuve de prudence.

— Madame, je vous ai toujours traitée avec franchise.

Elle serra les poings, ses phalanges blanchirent : elle se méprenait. Je repris rapidement :

— Non, non, aucune mauvaise nouvelle. Je dirais... au contraire, mais ne vous emballez pas non plus. Voilà, l'officier de police qui travaille sur votre affaire est un policier exceptionnel, un homme d'élite et j'ai ramé pour qu'on me le détache. Comprenez... sa petite fille a été enlevée et tuée il y a une vingtaine d'années mais pas d'impair, vous n'êtes pas censée le savoir. La traque des tueurs d'enfants, c'est toute sa vie, c'est tout ce qu'il sait faire et nul ne le fait aussi bien que lui. Je vous le dis seulement maintenant parce que, d'après lui, nous touchons au but... quelle que soit l'issue.

Elle me regarda, stupéfaite.

Je continuai :

— C'est une incontestable avancée. Je vous dirai encore ceci : ce sera sans doute moi, pour une fois, qui chercherai bientôt à vous joindre.

Elle éclata en sanglots et, tandis que la chef de la police criminelle berlinoise la prenait dans ses bras, je me gardai de parler, sachant d'expérience que les larmes servent aussi à évacuer la tension.

Enfin, elle tourna vers moi un visage torturé. En une année, elle avait vieilli de dix ans.

— Si vous le retrouvez, ne le brusquez surtout pas...

Sans un mot, j'ouvris le tiroir de mon bureau et en sortis un objet en plastique muni d'une pince pour l'accrocher à un berceau ou à un parc.

Je remontai le mécanisme de ce jouet représentant un bonhomme de paille qui n'était en fait qu'une boîte à musique. On entendit quelques notes, les premières mesures de *Nous n'irons plus au bois...*

Stupéfaite, elle me demanda :

— Vous l'aviez gardé ?

Plus d'un an que je le conservais dans mon bureau, l'écoutant parfois en songeant à ce tout petit garçon, à sa grande terreur d'avoir ainsi été arraché à ceux qui l'aimaient, le chérissaient, à cette vie si tendre et si douce, pour être précipité dans un monde... Quel monde, au fait ?

Je me levai en souriant.

— Vous voyez, il était à portée de main... Moi, je n'ai jamais cessé d'y croire, madame.

*

Dans le couloir, je tombai sur un divisionnaire de province qui me héla. C'était un bon flic, mais nous n'avions jamais sympathisé. Je lui présentai Ulrike. Il fut impressionné puis, revenant à moi :

— Vous aviez bossé sur Vittorrio Tampessa, un tueur de la mafia arrivé d'Agrigente ou Syracuse il y a cinq ans ?

— J'ai participé. Il a tiré un non-lieu.

— Que vous avait-il dit ?

J'eus un geste vague.

— Quelque chose comme : « Tu vas crever bientôt. »

— Eh bien, c'est lui qui est mort : on a retrouvé

son corps sans tête dans une de ses pizzerias de Lyon.

— Ah ? Et sa tête de nœud ?

— Liquéfiée dans un mixeur géant. On analyse les dents et les fragments d'os, ça met pas en appétit.

— Hasta la victoria siempre !... plaisantai-je.

Il parut surpris.

— Ah, vous aussi ?

Cela pouvait signifier bien des choses, ma foi. Peut-être une connivence culturelle ou politique : il y a des mots-clés, parfois.

Il se pencha vers moi et, souriant :

— J'en ai pas l'air, mais j'écoutais Radio-Caroline[1] dans les années 60... Et j'ai même été anarchiste.

Nous nous serrâmes la main avec plus de chaleur qu'au début.

*

Accompagné d'Ulrike, je dus me rendre une fois encore allée des Cygnes pour me montrer à la presse.

Je ne sais si c'est psychosomatique, mais je descendis de la patrouilleuse avec un horrible mal de tête. Je fus aussitôt assailli par un journaliste célèbre bossant dans un hebdo qui ne l'était pas moins.

— Commissaire Padovani !... Alors ça y est, paraît que vous y êtes presque, que vous touchez au but ?

Je tombais des nues. Si on imprimait semblable chose, comment réagiraient les terroristes ?... En triplant les mesures de sécurité ?

1. Célèbre radio pirate au large de la Grande-Bretagne qui émit de 1964 à 1968. De 28 à 50 millions d'auditeurs. Interdite par le Conseil de l'Europe.

— Quel est l'infernal fils de pute qui vous a dit un truc pareil ?

Il sembla gêné.

— Eh bien... la chargée de com du ministre. Pourquoi, c'est pas vrai ?

Cette fois, je n'en pouvais plus. Justement, elle choisit ce moment pour se pointer avec cet air structurellement niaiseux qui a dû la faire haïr depuis la classe de CP.

Elle eut un sourire mécanique, comme une lame jaillissant d'un cran d'arrêt. Un sourire tout de même mi-figue, mi-raisin, car elle n'ignorait pas, au fond, qu'elle avait fait une énorme connerie.

Sans hésiter, je lui passai froidement les menottes et balançai les clés à la Seine en disant :

— T'es en état d'arrestation, connasse. Motif : entraves répétées à enquête de police.

Ulrike m'entraîna avec une certaine fermeté. Je me retournai cependant et surpris un regard de Cobra, ce qui ne m'empêcha pas de gueuler :

— On reste en contact, en full contact !

Il me fallut encore aller visiter le directeur, puis tonton, conseiller à la sécurité du président de la République.

À 21 heures, briefing et point de l'enquête avec l'équipe.

À 22 h 15, je me retrouvai au volant de l'Alfa, Ulrike à mes côtés. J'avais prévenu chez moi, dès 19 heures, qu'on ne m'attende pas pour le dîner. Une fois de plus.

Quoique très fatigué, je souris à Ulrike Treshckow.

— Je connais un petit restau thaï, boulevard de Grenelle, vraiment délicieux et qui ferme tard. Ça vous dit ?

Nous étions arrêtés à un feu de croisement. Elle me regarda longuement. Je la sentis très proche de moi. Si proche que je crus lire ses pensées. Elle devait réaliser que la légende s'effritait, que le flic d'élite se dissolvait peu à peu dans la dure réalité et je dus lui apparaître comme ce que je suis réellement : un type épuisé, usé, mais qui met un point d'honneur à tenir et savoir se tenir. Sans se plaindre. Parfois, ça peut vous rendre sympathique.

— J'irai où vous voulez... dit-elle.

J'adore quand une femme me parle comme ça.

*

Le cadre était intime, petites lumières tamisées, box... La nourriture délicate quoique relevée. J'avais commandé un sancerre rosé. Je me détendais rapidement lorsqu'un malheureux papillon suicidaire, à moins qu'il ne s'agisse d'une mite, vint finir en torche vivante sur la flamme de la bougie en forme de lampion.

J'en fus aussitôt assombri.

Ulrike avait suivi mon regard. Elle sembla incrédule et troublée.

— Quoi, vous êtes très chagriné du décès de ce moustique ?

— Pas de commentaires, streng verboten. Et puis d'abord ce n'était pas das moustique mais ein papillon. Un pauvre innocent. Vous savez quoi, Gretchen ? Il ne demandait qu'à vivre, ce gars-là.

— Mais ce n'est qu'un insecte.

— Sarkozy aussi, et alors ?

— Enfin, Tonio...

C'était la première fois qu'elle m'appelait comme

ça. Néanmoins, je ne renonçai pas à ma vision du monde.

— J'ai le blues, le spleen si vous préférez.

— Vraiment ?

— Avez-vous songé à Mme Papillon qui va attendre en vain son amoureux toute la nuit, et puis des jours, des semaines, toute une vie ?

Elle parut suspendue à mes lèvres, ses grands yeux soudain mouillés de larmes. Ce que j'adore, chez les femmes, ce qui me précipite vers la damnation, c'est que chez toutes, ou peu s'en faut, même les plus revêches, les durasiennes chiantes et infréquentables, les femmes fatales et lointaines, les blasées, les cocottes, les intellos, les aristocrates, les cyniques ou les idéalistes, eh bien la petite fille n'est jamais très loin.

Je me souvins d'une comptine de mon enfance. Je la lui fredonnai d'une voix de basse :

— C'est le roi des papillons, qui s'est cassé le menton, en faisant des tourbillons...

Elle me prit la main.

— Vous savez, Padovani, je crois que je tombe amoureuse.

Je me dis qu'il était temps de rentrer.

Sur le boulevard de Grenelle, un grand bourgeois genre Passy appelait son chien, un bâtard borgne à trois pattes nommé étrangement Trouduc.

C'était assez surréaliste, ils n'allaient pas du tout ensemble. Et surtout cette façon qu'avait le maître de crier :

— Trouduc, au pied !

Drôle de figure anatomique !

Dans l'Alfa Romeo régnait une odeur agréable de tabac blond mêlé aux parfums L'Heure bleue de

Francine et Tocade d'Ulrike. Santal, roses de Bulgarie, héliotrope sur fond vanillé pour Guerlain ; bergamote, ambre, vanille et magnolia pour Rochas. Dans les deux cas, de la vanille.

Les filles, ça sent toujours un peu la vanille...

Je fis un détour pour passer par les voies sur berge. La nuit, la vitesse aidant, c'est toujours enchanteur et ces connards de Verts parisiens totalitaires ne nous l'ont pas encore interdit.

Elle posa sa main sur la mienne.

— Ça vous gêne ?

— Non.

— C'est une réponse... comment dites-vous ? abrupte ?

— Les lions ne mettent pas de liant dans les lianes de leurs rapports aux autres. Mais je ne peux pas sacquer les lions, alors excusez-moi.

— Quand même, toujours un peu la fuite... Même dans l'esthétique.

— Moi, j'aime les esthètes : ils ont la pudeur de mettre des bigoudis à leurs rêves.

Je lui déposai un baiser dans le cou. Elle avait la peau douce et de bonnes manières : elle ne réclama rien de plus.

Jusque-là, donc, ça allait...

12

Dimanche 3 novembre. Saint-Hubert. Température : – 4 degrés. Demandeurs d'emplois : 2 371 504. Bourse : pas de cotations le week-end. Grèves : partielles, hors contrôle des syndicats. Vigoureuses à la SNCF. Préavis pour le lundi.

3e jour...

Un vent glacial arrachait les dernières feuilles des arbres dans la lumière grisâtre et vacillante des réverbères. Les trottoirs étaient couverts d'une neige encore immaculée.

Un matin noir et froid qui me rappelait les tristes années 50, des départs pour l'école avec mon béret, mon paletot en laine bleue, mes culottes courtes, mes maigres jambes glacées et un trop lourd cartable arrimé sur le dos. Et puis, enveloppé dans une page du journal *Combat* que lisait papa, mon quatre-heures, à savoir deux tranches de pain d'épice et trois carrés de chocolat Menier : nous étions pauvres, à la maison.

La maison, la mienne cette fois, dormait encore. On me pardonnera cette métonymie que j'affectionne, parce que « la maison » est un tout qui comprend les gens et les choses. Et les souvenirs, aussi.

Une douche rapide, un rasage hasardeux, un café trop chaud, le garage de la rue Tournefort et je me retrouvai au volant de l'Alfa Romeo.

J'écoutai la messagerie de mon portable, l'officier de garde me dressant toujours un bref topo vers 6 heures du matin. Toutes choses égales, la nuit avait été « calme » : tentative d'homicide rue Sainte-Apolline, rixe place de Clichy, tentative de viol place Félix-Éboué, des vols avec violence, des vols à la roulotte, un rodéo en BMW avec poursuite de police sur le périphérique se soldant, pour les voleurs, par un très grave accident... Certes, que de larmes, de sang et d'horribles peurs derrière ces « brèves », mais au moins nul n'avait perdu la vie. Quant aux industriels du crime qu'étaient les terroristes du RER, on n'avait pas de nouvelles.

J'allumai une Camel en soupirant. J'eusse aimé revenir au statu quo ante, à la routine. Ou même remonter le temps loin en arrière...

Un connard quelconque me mit pleins phares. Aussitôt, je pensai à l'Occupation lorsque les voitures avaient les phares à demi masqués, en « yeux de chat ». Impossible d'être flic à cette époque, sauf à rallier très tôt la Résistance. Les Parisiens affamés, les façades lépreuses et noires de suie, les nervis du PPF [1] de Doriot suintant la haine et la misère, les discours bien-pensants des mous du cul de Vichy : sale période. Là encore, les petits matins devaient être difficiles. Au reste, comment se lever du bon pied quand on a un pied dans la tombe ?

1. Parti populaire français. Parti devenu collabo, dirigé par Jacques Doriot, tué en 1945 sur une route d'Allemagne.

Circulation fluide, comme toujours à 6 h 30. Dur !... Les filles et les gars de mon équipe se préparaient sans doute, levés de mauvaise humeur dès potron-minet, à moins qu'il ne s'agisse de Poltron Minet le chat trouillard.

J'arrivai à L'Étoile d'Or et garai l'Alfa juste devant. Avec le gyrophare, je ne risquais pas qu'un flic aussi matinal que zélé perde son temps à me coller un PV.

Il y avait deux types au bar et une seule table occupée. Par Ulrike Treshckow, of course.

Je fis signe au garçon, genre ex-boxeur, de m'apporter un jus. Puis, d'une façon un peu ostentatoire, je regardai la chef de la police criminelle de Berlin avec un sourire ému. Elle portait une très jolie robe noire un peu courte, un cardigan rouge, des bottes noires, et s'était fait deux nattes tressées, à l'allemande. J'inclinai très légèrement le buste.

— So glad to meet you, miss !

Elle se leva et me déposa un rapide baiser sur les lèvres en répondant :

— Me too !

« Jusque-là, ça va ! » pensai-je, ayant délimité une fois pour toutes ce qui relevait de la galante polissonnerie et ce qui appartenait à l'adultère.

Puis, détaillant sa tenue tandis qu'elle rougissait très légèrement :

— Très jolie toilette !... C'est tout à fait charmant.

— Vous trouvez vraiment ?

— Absolument.

Je tirai une chaise et m'assis, déjà fatigué. Mon temps de récupération est bien plus long que par le passé, il m'aurait fallu des vacances, des pins maritimes, du mimosa, le Sud...

Le garçon, du genre sympa bourru, apporta mon café en disant :

— Alors, ça boume, les amoureux ?

Aux anges en entendant ces paroles, Ulrike répondit :

— À merveille.

Je ne fis pour ma part aucun commentaire, affichant un air réservé et un brin réprobateur qui ne trompa pas Ulrike.

Je balançai le sucre dans la tasse de café, tournai rêveusement la cuillère puis, levant les yeux sur la jeune femme :

— Vous savez quoi, Ulrike ?... Dans une autre vie, vous avez dû être Walkyrie et moi Juif errant. Vous avez conservé vos nattes et j'ai trouvé un domicile fixe.

Elle allait répondre lorsque, à la radio, dont le patron avait monté le son, j'entendis le ministre de l'Intérieur expliquer qu'il était mécontent des lenteurs de l'enquête.

Pas plus inquiet que cela, je croisai le regard d'Ulrike qui paraissait tendue.

— Ne vous en faites pas, c'est pour la galerie. Le gouvernement m'a doublé en mettant les Services spéciaux sur le coup, et pour quel résultat ?

Elle secoua négativement la tête.

— Tout de même, le ministre n'est pas très... convenable, dites-vous ?

— Si on est poli, on dit comme ça, en effet. Mais ne vous inquiétez pas. Les ministres, j'en ai vu défiler des dizaines et j'ai conservé mon boulot. Je ne me laisserai pas emmerder par un petit spermatozoïde convulsif !

— C'est tout ?

— Non !... Pas encore !... Sarkozy essaye de porter beau, l'œil Charles Quint, la langue ferraillante, le fémur arrogant et la rotule orgueilleuse, mais c'est que dalle, ce type.

— Il a l'oreille de votre Président...

— Qu'il la bouffe, s'il aime les cartilages.

— Quand vous n'aimez pas quelqu'un...

Je me détendis.

— Vous avez vu ça, hein ?

J'aidai Ulrike à passer sa veste genre blouson à col de fourrure, absolument ravissante, et nous sortîmes lorsque...

Je ne sais trop comment je vis venir le truc... Peut-être après tout que la Mercedes grise roulait beaucoup trop vite en descendant la rue du Cardinal-Lemoine.

Je reculai, me précipitai sur Ulrike et l'obligeai à se baisser avec moi à l'abri de la carrosserie de l'Alfa. Ça alla vite, très, très, très vite ! Nos vies se jouaient à quelques secondes.

La porte passager de la Mercedes s'ouvrit en même temps que celle de derrière. Deux types cagoulés, gilets pare-balles gris-vert et armés de PM ouvrirent le feu.

L'Alfa Romeo tressauta sous les impacts. Derrière nous, les vitres de L'Étoile d'Or s'effondrèrent. À genoux, Ulrike et moi sortîmes nos pétards. Je la regardai dans les yeux.

— À trois !... Un... Deux... Trois !

Nous nous levâmes ensemble. Les types, chargeurs vides, étaient déjà remontés dans la Mercedes qui démarra en laissant de la gomme sur le bitume.

À notre tour, nous vidâmes nos chargeurs. Tirs d'instinct. La carrosserie encaissa toutes nos balles, un pneu arrière puis un second éclatèrent, la Mercedes zigzagua mais le chauffeur, un virtuose, garda le contrôle du véhicule. Mes deux dernières balles pulvérisèrent la lunette arrière, en vain : ils nous échappaient.

Dans l'odeur de poudre, je regardai Ulrike, robe retroussée sur son collant noir, bottée, jambes écartées, les deux mains crispées sur son Smith & Wesson à canon de trois pouces : je la trouvai soudain très excitante.

Enfin, je veux dire : encore plus que d'habitude.

Elle me regarda à son tour, pas dupe de l'effet qu'elle me faisait en tireuse d'élite. Je lui lançai avec ironie :

— Es ist so schön Soldat zu sein, Rosemarie[1].

Puis je me retournai. À L'Étoile d'Or, le patron et le garçon se relevèrent de derrière le comptoir. Idem les deux consommateurs qui s'étaient jetés à terre.

Il régnait une atmosphère de guerre civile. De la fumée âcre s'échappait de l'Alfa très sévèrement étrillée.

Une Twingo s'arrêta et un jeune type encore tremblant en descendit en s'écriant :

— Que le diable baise leurs mères !

Original !

Voyant qu'il tenait un portable à la main, je lui demandai de s'éloigner et d'appeler les pompiers tandis qu'Ulrike faisait évacuer le troquet.

Il me fallut encore arrêter une fille à vélo qui arrivait de Jussieu.

1. « Il est si beau, Rosemarie, d'être soldat. » Vieille chanson allemande.

— Demi-tour, vite !

— Ça va pas, non ?

— Je suis flic !

— Tans pis pour vous !

— Mais tout va péter, ma jolie, et c'est dans les verts pâturages du Seigneur que tu vas aller pédaler.

Elle jugea plus prudent de rebrousser chemin en passant le grand braquet.

Des flammes courtes et très vives s'échappaient de l'Alfa Romeo qui risquait à tout instant d'exploser. Difficile, pour Ulrike et moi, de faire reculer les curieux : on n'organise pas un périmètre de sécurité à deux alors qu'une bonne quinzaine de badauds entendent s'agglutiner. Il fallut cette fois menacer, l'arme à la main.

Les flics arrivèrent, battant pour une fois les pompiers d'une courte tête, lorsque le réservoir de l'Alfa explosa. Souffle, débris divers, cris et panique générale...

Voilà je suppose ce qui s'appelle commencer sa journée sur les chapeaux de roues...

*

Nous regagnâmes l'hôtel de police de la place d'Italie à bord d'une patrouilleuse dont le jeune conducteur avait branché la sirène et allumé le Goldorak.

Mon mal de tête étant revenu, je lui ordonnai de cesser ce cirque. Le type fit l'insolent.

— Ça, c'est dur, patron : j'ai signé dans la police uniquement pour le son et lumières. Si vous m'interdisez ça, vous m'ôtez une raison de vivre.

— Faites ce qu'il vous dit, à la fin !... ajouta Ulrike d'une voix mordante, mais façon pitbull.

Puis, beaucoup plus doucement, tandis qu'elle me caressait la joue d'un doigt léger :

— Tu as encore mal à la tête, Tonio ?

Nouveau, le « tu ». Je me demandais ce qui la rendait si hardie : le fait qu'on ait voulu nous flinguer ensemble ?

Puis je me rendis compte que ma main gauche était crispée sur sa cuisse ferme et dodue depuis un bon petit moment, sans doute.

— C'est psychosomatique, Trésor.

« Jusque-là, ça va !... » pensai-je fugitivement.

13

On avait ramassé deux témoins et retrouvé la Mercedes classe C 220 CDI criblée de balles, mais nulle trace de sang, et pour cause : la bagnole avait cramé.

Ces types étaient irritants à force de professionnalisme. Jamais d'empreintes, d'objets oubliés, de petits indices. Pas la moindre possibilité d'un début d'identification par la police scientifique.

D'après les premiers PV d'interrogatoire, tout ce qu'avaient vu les deux témoins se résumait à ceci : trois types cagoulés et armés avaient quitté précipitamment la Mercedes, laissant même les portes ouvertes, pour s'engouffrer aussitôt dans une grosse voiture blanche dont ils ne connaissaient pas la marque.

Quinze secondes plus tard, la voiture grise explosait.

Par les mauvais temps qui courent, les voitures se ressemblent tellement dans la laideur que les gens qui ne sont pas intéressés par les bagnoles sont incapables de les identifier, ni par les calandres sans vie, ni par le troisième volume, puisqu'il n'y a plus de malle arrière sur ces espèces d'œufs ou d'étrons profilés en soufflerie. D'après nos statistiques, de rares modèles échappent à cette règle : la New Beetle parce qu'elle fait flasher et évoque la Coccinelle, le PT Cruiser qui ressemble à une copie des années 40 et qu'on remarque immédiatement, la Jaguar dont on jurerait qu'elle est la petite sœur très ressemblante de la Mark II des années 60 et feu — c'est le cas de le dire — mon Alfa dont la plaque d'immatriculation décalée rappelle les berlines des années 30.

C'est bien peu.

Je fis venir le premier témoin, un type de vingt à vingt-cinq ans genre baba cool de 1971 cryogénisé et tout frais sorti du congélateur.

Il regarda tour à tour Ulrike, Hautes-Études et moi en affichant un sourire idiot.

— On m'a dit que vous étiez tous les trois commissaires, oh ! c'est cool, ça, hyper-cool.

Hautes-Études me glissa un Post-it où je lus : *« Aïe, je crois que ce mec a en permanence la guenon perchée sur l'épaule*[1] *! »*

Je fis jouer de vieux souvenirs du temps jadis pour tenter de retrouver vocabulaire et ambiance d'époque :

— Salut, body. Dis voir, toi aussi t'as l'air d'être le type tout ce qu'il y a de cool, alors on va avoir un entretien super-relax.

— Whaouh, il a dit relax ! Mais « relax », c'est mon mot préféré, man ! Ah, que c'est cool, le petit monde des flics ! C'est vraiment la bonne ambiance, tu vois !

Je soupirai. Ou ce garçon se foutait de notre gueule, option A, pas du tout impossible, ou bien, option B, c'était un être sans malice, historiquement

1. Constamment camé. Argot ancien.

niaiseux, et sa vie de débile devait être un enviable paradis.

Dans le bureau voisin, on entendit la voix de canard du Duck qui chantait à tue-tête :

— C'est nous, les Africains... qui revenons de loin... rev'nons des colonies... pour sauver le pays...

— C'est pas cool du tout, ça, c'est colonialiste !... remarqua le témoin qui se renfrogna, marquant ainsi son hostilité à notre passé de puissance apportant « la civilisation » à des gens qui n'avaient rien demandé.

— Il chante ça par dérision, c'est un frère !... expliquai-je.

J'appuyai sur le bouton de l'interphone. Le Duck passa la tête. Aussitôt, le témoin retrouva sa joie de vivre et sa voix de castrat :

— Oh, un Black !... Un flic black comme *Dans la chaleur de la nuit* avec Sydney Poitier. Oh, toi t'es cool, mon frère : black is beautiful !

— C'est qui, ce con ?... demanda le Duck, surpris.

Je lui fis signe de dégager et enchaînai rapidement sur le mode « n'importe quoi mais faut dire quelque chose » :

— Notre ami est nerveux parce que, tu sais, c'est un... Black Muslim[1]. Ouais, un Black Muslim. Et là, eh ben là, il prépare son voyage à La Mecque et il voudrait pas oublier sa brosse à dents ou ses chaussettes, des choses comme ça, tu vois ?

— Oui, des trucs du genre !... confirma-t-il.

— Ben voilà !... Mais, au fait, pour en revenir à

1. Musulmans noirs. Mouvement qui a son origine aux USA sous le nom de Nation of Islam. Parmi ses membres, Cassius Clay et Malcolm X.

notre histoire, qu'est-ce que t'as vu au juste au sujet de ces trois types ?

— Mauvaises ondes !

— Mais encore ?

— Très mauvaises ondes, man !

J'allumai nerveusement une clope.

— D'accord, d'accord !... Mais ici t'es bien, hein ?... C'est franchement good vibrations[1], hein, pas vrai ? Alors tu racontes ce que tu as vu.

Il hésita, Ulrike lança :

— Vas-y, on est dans la paix et l'amour, ici, c'est comme au Népal. Je sens tout ton potentiel, un colossal potentiel.

— Comme hôtel de police, on est même classé « Flower Power » par la préfecture, t'imagines !... Il y a que des bons trips, ici !... ajouta Hautes-Études d'un air faux cul mais d'une voix angélique.

Devant tant de bonne volonté, le petit emmerdeur consentit :

— Ça s'est passé dans une rue cool près de la place de Catalogne. Alors là, tu vois, la place de Catalogne, moi je vomis total tellement ça fait monter le stress. Réelle angoisse, hein !

Il me regarda avec ses yeux de veau et questionna :

— Tu penses quoi de la place de Catalogne, toi ?

— Je vomis réel aussi ! C'est néo-mussolinien, c'est pas du tout planant.

— Oh oui, stressant un max ! Pas psychédélique, hein ? Tu vois, c'est sans jouissance orgasmique.

Reste calme, me dis-je en réfrénant un rictus de haine.

1. *Cf.* Beach Boys, septembre 1967.

— Ouais, c'est pas le bien-être hype... Et les trois types, là, si tu me racontais leur descente d'aéronef ? Hein ?... Do it !

Il rit.

— Ah ! t'es bon, toi, pour créer l'ambiance cool. Ici, c'est presque ça.

« Presque ça » signifiait que, malgré tous nos efforts, nous n'y étions pas encore. Je sortis d'un tiroir de mon bureau des bâtonnets d'encens que j'utilise lorsque Tonton m'honore d'une de ses rares visites au risque de me gazer avec ses ignobles cigarillos.

J'allumai le bâton d'encens en tremblant de rage : toute cette bassesse pour rien ! Et l'autre con de baba cool qui joignait les mains avec un bon sourire, façon mère Teresa tombant nez à nez avec l'homme-singe dans la forêt birmane et se demandant quel usage, pas forcément évangélique, elle pourrait faire de cette créature.

— C'est quel parfum, man ?

— Cannelle, body !... répondis-je en m'étonnant moi-même de si bien résister aux voies de fait.

Dix ans plus tôt, je l'aurais étranglé.

Il hocha pensivement sa tête de nœud.

— Amis, voilà qui calme l'esprit.

Je bondis.

Bien qu'en petite forme, je réussis à sauter mon bureau sans élan, attraper le mec par le col de sa tunique indienne, le secouer une vingtaine de fois, l'injurier en italien et lui sortir enfin :

— Je te colle au trou ! J'aurai des faux témoins. Je te colle au trou pour préserver l'ordre public et éviter toute pression ou concertation frauduleuse. J'y ajoute... J'y ajoute... Tiens : « tentative d'infraction sur l'importation de substances et plantes vénéneuses en vue de réaliser une opération financière entre la France et l'étranger portant sur des fonds dont vous n'ignoriez pas qu'ils provenaient d'une infraction à la législation en vigueur ». Emprisonnement de deux à dix ans. Code des douanes, article 415, décret nº 48-1985 du 8 décembre 1948 !

Je repris mon souffle et conclus :

— Je te fous dans la même cellule que tout ce que le dépôt compte d'obsédés sexuels affamés de désir dont tu vas devenir la chose dévouée et soumise. Tu peux d'ores et déjà te commander un anus en plastique... ami !

— Mauve ou violet, il y a deux options !... gronda Hautes-Études.

Il me crut et fit une déposition très sobre. Il révéla même un élément capital : ôtant un peu vite sa cagoule lors du départ en trombe de la voiture blanche, un des membres du commando avait laissé apparaître des cheveux blonds.

*

Ulrike, Hautes-Études et moi pensâmes en finir avec la vie tant l'aspect du second témoin paraissait désespérant.

L'homme, d'un âge certain, ignorant froid, glace et verglas, portait un short. Il ressemblait comme deux gouttes d'eau à Mitterrand lors de l'ascension annuelle de la roche de Solutré quand l'ex-président semblait sous contrat de mannequin vedette chez Le Vieux Campeur.

Je m'efforçai cependant de positiver, de me convaincre que, malgré sa tenue et sa sale gueule, on pouvait tirer quelque chose de ce guignol.

Ulrike, pessimiste, me glissa à l'oreille :

— C'est Stalingrad !

En phase aiguë d'autopersuasion optimiste, je me penchai vers elle et murmurai :

— Mais pas du tout, voyons. Moi, j'aime son crâne totalement chauve, poli, ciré, brillant de sombres matités : on devine le penseur, n'est-ce pas.

Puis, souriant au type, je jetai un bref regard au PV :

— Jean-Yves Nellio, je présume ?

Il se leva d'un bond et, très culotte de peau dans la manière, fit claquer les talons faméliques de ses Pataugas :

— Ancien du 22e dragons.

À cet instant, le Duck entra sans frapper, jeta un bref regard au témoin, soupira lourdement puis, à mon adresse :

— Patron, la Mercedes a été volée à Neuilly hier soir vers 23 heures. Aucun signalement, nul témoin, pas la moindre piste.

— C'est dynamisant, ça !... dis-je d'un ton morne.

Le Duck hocha la tête d'un air compréhensif puis tira une chaise dans l'intention évidente d'assister à l'audition du témoin. Lequel, confronté à cette ambiance morose, manifesta sa sympathie :

— Ah, nous vivons des temps difficiles.

— Ça dépend qui. Au conseil d'administration de chez Michelin, ça roule, merci pour eux !... gronda le Duck qui, à l'évidence, n'encaissait pas ce type-là.

— Vous n'avez pas froid, ainsi vêtu de si atypique manière ? demanda Ulrike qui en rajoutait.

La mauvaise pioche ! L'autre branque avait une

théorie d'illuminé sur le froid. Les cons ont toujours des théories sur tout, sauf sur l'essentiel : la signification de l'existence, par exemple.

Il partit au quart de tour :

— Petite madame, on vous le cache car on nous cache tout du côté de chez les maîtres du monde mais le froid est notre meilleur arme contre le cancer. En Laponie, il y a très peu de cancers.

— En Laponie, on a aussi très peu de Lapons !... lui répondit froidement le Duck.

— Oui, très peu de Lapons de Garenne !... ajouta Hautes-Études.

Je toussotai.

— Bien. Monsieur Nellio...

— Il s'appelle Nellio ? demanda le Duck pour déstabiliser le témoin.

Par chance, celui-ci n'était pas très courageux, préférant rire veulement. Je repris :

— Qu'avez-vous vu ?

— Moi, Jean-Yves Nellio, né le 31 mars 1931 à Rodez, préfecture de l'Aveyron, déclare que dans la matinée du 3 novembre...

Je le coupai :

— Laissez tomber le côté administratif, on arrangera ça nous-mêmes. Les faits, rien que les faits, s'il vous plaît.

Il hocha la tête, plein de bonne volonté.

— J'ai d'abord repéré un type à Mobylette qu'il me semblait connaître mais c'était une erreur, il ressemblait simplement à cet acteur hystérique, vous savez, avec des yeux globuleux. C'est l'idole de *Télérama*, le journal des catholiques...

Nous répondîmes en cœur :

— Fabrice Luchini.

— Je me disais bien, aussi...

Il croisa mon regard et resta bouche bée. Ulrike se pencha vers moi et, mezza voce :

— Reste calme, fais-le pour moi.

Comprenant que ça n'allait pas, Nellio risqua :

— Vous savez, je ne désire que vous aider...

— C'est très chic de votre part !... répliquai-je sans rire.

J'allumai une Camel. Aussitôt, et bien que je fusse à trois mètres, Nellio fit le geste de chasser la fumée, telle une vieille gamine capricieuse.

Ce que voyant, Hautes-Études alluma une Rothman et le Duck une Lucky Strike.

— La fumée vous dérange ? demandai-je.

— Oui.

— C'est très regrettable !... répondis-je en regardant le bout incandescent de ma sèche.

Ulrike prit le relais :

— Qu'avez-vous vu ?

Il réfléchit d'un air sombre. Peut-être pensait-il que nous étions à la solde des maîtres du monde et que nous voulions l'enfumer comme un rat. De là, peut-être, sa décision d'en finir vite.

— Ces trois types, je dirais qu'ils sont souples, entraînés. J'ai vu ça à leur style. La vérité des corps. Je crois qu'ils ne sont pas tout jeunes non plus. Les attitudes sont plus marquées que chez un type de vingt ans. Je dirais qu'ils ont dans la quarantaine. L'un a ôté sa cagoule un peu tôt. J'ai vu deux choses : des yeux bleus et des cheveux blonds, mais le visage m'échappe. Je pense qu'il a quarante ans, comme je l'avais supposé à leur façon de se mouvoir.

*

Attendant à la demande insistante du directeur la visite de la chargée de com, je me dis qu'avec le dernier témoin je tenais du solide. Certes, une hirondelle ne fait pas le printemps, mais elle constitue un hors-d'œuvre honorable quand on a très faim.

Où voulaient en venir ces types qui avaient tout de même cherché à flinguer le flic — mézigue — qui enquêtait sur leur affaire ?

Ils étaient originaux, inventifs et efficaces. Il devenait indispensable de sortir des sentiers battus et faire preuve de spontanéité dans ma pratique. Comme quoi, avec les idées reçues, il ne faut jamais signer l'accusé de réception.

On frappa. La chargée de com entra, suivie de son escorte habituelle : l'assistant au cercueil qui tenait le pinscher goitreux et pustuleux dans ses bras.

Montrant la porte d'un geste impérieux, je lançai :

— Le clebs et le fayot : raus !

Ils s'éclipsèrent.

Bien qu'il fît plutôt bon dans la pièce, « Huguette », qui ne savait quelle contenance adopter, fit mine de claquer des dents en murmurant :

— Un homme seul... Un homme seul et une enquête, seule elle aussi... La vie. La vie et le froid. Peut-être le froid.

On aurait dit du Duras, écrivain que j'exècre, alibi de tous ceux qui ne connaissent rien à la littérature et croient si pauvrement donner le change avec ce sésame à deux balles cinquante quand ils se déconsidèrent aux yeux du véritable amateur.

Elle soupira :

— Quelle solitude glacée !

Puis elle secoua son chemisier entre pouce et index pour se donner de l'air en disant :

— C'est curieux, j'ai une bouffée de chaleur.

Je la regardai froidement :

— Excusez-moi de ne rien vous offrir : c'est trop tard pour le café, trop tôt pour l'apéritif et je suis trop cher pour les pots-de-vin.

J'ignore ce qu'elle répondit, me demandant comment j'allais remplacer l'Alfa Romeo.

14

Après avoir joint mon assureur — pas facile, un dimanche — je sautai dans un taxi et me rendis à Montrouge où m'attendait un garagiste que j'avais tiré de prison quelques années plus tôt. Accusé du meurtre de sa belle-sœur, le malheureux n'y était pour rien, n'ayant que le double handicap d'être d'origine marocaine et d'avoir subi quelques mois de prison dans sa jeunesse.

Franchement, j'avais plutôt bien fait mon boulot, mais c'est le moins qu'on puisse exiger d'un des patrons de la Brigade criminelle. Reprenant à zéro une enquête bâclée, j'avais obtenu les aveux du véritable coupable en moins de trois jours. Le garagiste, Mustapha el-Fassi, m'en conservait une très vive reconnaissance. Aussi gardait-il depuis des années mon second véhicule, celui que je ne sortais plus guère.

Dans le taxi, je me laissai aller aux souvenirs.

1975, l'enquête sur les « tueurs de flics ». J'étais tout jeune dans le métier. Ma Coccinelle achetée lorsque j'étais étudiant en droit avait rendu l'âme, je vivais cette enquête à toute allure, je faisais l'amour deux ou trois fois par jour, la hiérarchie voulait ma peau et les tueurs de flics aussi. Bref, dans cette atmosphère survoltée, une idée dingue : j'avais acheté mon rêve d'ado, une Triumph TR4 décapotable vert Empire.

Sacrée bagnole et superbe occasion qu'on eût dite tout juste sortie d'usine.

Mustapha alla me la chercher au fond du garage et c'est le cœur serré que je la vis arriver. Bon, elle était un peu survireuse, comme toutes les Triumph, mais précisément c'était une vraie petite anglaise, le joyau des années 60.

Mustapha descendit et me tendit les clés en souriant.

— Je te l'ai lavée, commissaire.

— Merci, Mustapha. Elle est comment ?

— Elle est bien. Je la sors une fois par mois, le tour du quartier, tu vois. Je surveille l'huile, la batterie, et le moteur, il tourne comme une horloge. J'aime bien l'entendre tourner. Mais faut la sortir plus souvent. Tu l'as pas conduite depuis quand ?

— Quelques années, je crois...

— Moi, je te la dis, la vérité : avril 1997 !... T'oserais pas faire ça à une femme.

— C'est pas vraiment pareil, Mustapha... En tout cas, elle est vraiment nickel. Sortie d'usine, mon frère, sortie d'usine.

Il fut flatté. Je repris :

— Tu m'humilies pas, tu me dis combien je te dois.

Il sourit. Ses dents de devant et son nez avaient été brisés par les coups de clés à molette de petits racketteurs. Furieux, j'avais moi-même arrêté ces deux types et laissé les flics du coin les passer sévèrement à tabac. Ils étaient tellement cons et dangereux que jusque-là ils n'avaient pas encore réalisé que les coups, c'est douloureux pour tout le monde. Voilà de la pédagogie hors code pénal...

Mustapha eut un geste vague mais qui englobait l'univers.

— Tu me payes un café et comme ça, c'est bien.

Je savais qu'insister eût détérioré nos rapports et je me retrouvai dans un petit rade uniquement fréquenté par des hommes de nos âges, dont l'un en djellaba. L'endroit manquait de femmes.

— Pas de gazelles d'or ?... demandai-je en souriant.

Il me rendit mon sourire.

— Pas ici.

— Pas d'étrangères, les mini-jupes ?

— Commissaire, c'est à Pigalle, ça.

J'étais fasciné par les idées simples de Mustapha. Il faut dire que je connais. Les mini-jupes et les filles effrontées à Pigalle, les travailleurs au chagrin afin de ramener une paye sans passer par le chômage. Les méchants au trou, les Américains grillés jusqu'au dernier par leur propre feu nucléaire mais en commençant par Bush, et puis les jours qui succèdent aux jours, les dominos et le thé à la menthe, la vie qui passe avec lenteur et tout au bout la mort qu'on essaye de voir venir de loin et d'un air tranquille.

Le patron, qui avait une jambe raide — souvenir d'une balle française lors d'une rafle agitée —, apporta les cafés. Mustapha me présenta assez fort pour que tout le monde entende :

— Mon ami le commissaire Padovani, un chef de la police.

— Je suis là pour l'amitié !... précisai-je.

Il me fallut serrer toutes les mains en croisant tous

ces regards où je lisais tant de choses, des choses qu'on m'avait déjà dites : la fierté qu'un très puissant flic puisse venir amicalement boire un café avec eux dans leur petit rade, l'idée pas désagréable que la police n'était pas qu'un ramassis de racistes et cette autre, à savoir qu'ils étaient citoyens français heureux de payer des impôts, d'avoir des gosses au lycée, de rouler en Peugeot ou en Renault, de promener leur chien et d'avoir un vague copain flic, comme tout le monde.

J'en fus très ému, mais c'est vrai qu'il m'en faut bien peu.

Ils firent cercle autour de moi, déplaçant les chaises et, résigné, je leur annonçai que je ne disposais que d'une petite demi-heure avant de retourner au boulot.

Les questions pleuvaient de tous côtés, je faisais de mon mieux pour répondre franchement.

— Pourquoi t'es dans la police ?

— Pourquoi pas ?

— T'as déjà tiré sur quelqu'un ?

— Quand on nous tirait dessus. Si possible, je vise les jambes. Avec les proxos, je vise les couilles.

— T'as déjà eu avec toi un policier arabe ?

— Oui. Il est mort à mes côtés.

Puis il fut question de la banlieue, du chômage, des jeunes, de Le Pen. Je leur proposai un de mes jeux de mots :

— Le Pen, c'est Benji la Milice.

Raté : ils ne connaissaient ni Benji la Malice, ni la sinistre milice occupée à la chasse aux résistants sous Pétain.

Je me levai enfin. Le patron me souffla :

— C'est la vie, tu sais.

— La vie, c'est aussi ce qu'on en fera nous-mêmes, non ?

— Qu'est-ce que tu veux dire ?

Je n'avais plus trop le temps mais le sujet me tenait à cœur.

— La vie, on la change avec nos amours, nos combats, nos idées. T'es un homme, tu te bats depuis que tu sors du ventre de ta mère jusqu'à ce qu'on te mette dans la tombe.

Je filai peu après.

J'eus un choc en me mettant au volant. Un beau volant trois branches à rayons, les nombreux compteurs cerclés de chrome, le bois du tableau de bord. Malgré son âge, elle avait toujours des reprises foudroyantes. Bon, et puis je savais pouvoir y aller : après vingt-cinq ans de Brigade criminelle, c'est fou le nombre de flics qui connaissaient ma gueule et me saluaient aux carrefours. Probable que la nouvelle courait déjà sur nos ondes : « Padovani, divisionnaire de la Crime, roule en Triumph TR4 vert foncé décapotable. Pas d'impairs aux carrefours, on laisse passer. Il va très vite. »

Émouvant.

Je fis une halte à l'Opéra et me rendis dans un petit bar du côté de la rue Daunou où j'ai mes habitudes. Pensif, j'avalai deux légers sandwichs clubs tomate-jambon avec un verre de San Pellegrino et deux cafés avant de consulter enfin ma messagerie.

Le boulot, que des messages du boulot sauf le dernier où le Duck, d'une voix sépulcrale, m'annonçait qu'il venait de rompre avec Élodie.

Je soupirai, lâchai un billet froissé sur le zinc et sortis sans un mot.

*

J'arrivai à l'hôtel de police presque désert, comme toujours le dimanche, mais ne pus éviter le regard embué et les paupières rougies de la standardiste.

Résigné, je m'arrêtai.

— Alors, c'est si dur que ça ?

— C'est un gros salaud, ce Duck. Un faux-jeton.

Pensif, j'allumai une Camel en méditant ce jugement fort rude au sujet de mon ami le Duck. Puis :

— Vous savez, l'amour ne va pas sans mystère ni la passion sans éloignement.

— Mais il devait me dire s'il sentait que ça baissait d'intensité.

— Les courts-circuits, ça prévient pas.

— Vous, vous n'auriez jamais fait une chose pareille !

Elle me jeta ce regard qu'ont certaines femmes, mélange à parts égales de grands yeux innocents et de promesses de copulations agitées. Le vice et la vertu, en somme, bras dessus bras dessous et en route pour de nouvelles aventures.

Je ne répondis pas. Elle poursuivit :

— J'aurais mieux fait de m'écouter et de chercher l'amour attentif d'un homme plus mûr.

— Un type dans mon genre ?... questionnai-je, faussement candide.

— Précisément.

— Allez, je vais être sympa : perds pas ton temps avec moi, mon lapin, t'as pas l'ombre d'une chance.

Ulrike, prévenue de mon arrivée par je ne sais quel téléphone germano-arabe, venait à grands pas, ses bottes martelant le sol. Elle toisa Élodie, comme peut le faire l'intouchable chef de la police criminelle de Berlin avec une fille qui a usé à peu près tous les mecs de l'hôtel de police. Puis elle m'entraîna en laissant ce message en pointillé : « Pas touche, pétasse, c'est pas pour toi. »

Au fond, j'aurais adoré être un « homme objet » et là, je ne comprends pas vraiment les féministes.

Lorsque nous fûmes dans l'ascenseur, Ulrike demanda d'un ton sec :

— Elle t'intéresse, la nabote ?

— Quelle nabote ?

— La petite intrigante.

— Oui. À peu près autant que mon premier cheese-burger. À part ça, what's new, Pussycat ?

— Le Duck. Comment dites-vous, déjà ?... Il déconne.

— Rien de bien nouveau !... soupirai-je.

À travers les cloisons vitrées, je découvris le Duck qui caressait le clavier de son ordinateur avec une grâce à la Mozart. Plus ennuyeux, il portait sur le corps et autour de la tête tout un tas de guirlandes de Noël scintillantes, dont certaines électriques avec les petites ampoules bigarrées qui clignotent.

— Warum ?... fut le seul mot d'Ulrike Treshckow.

J'évaluai le problème en clinicien, de sang-froid, puis :

— Phase de régression due à un amour finissant, proximité de Noël, nostalgie de l'enfance, quête du paradis perdu, lecture déraisonnable de l'œuvre de Marcel Proust, poussée de romantisme, doux désir d'épanchement entre âmes complices... impôts, CSG, TVA, assurances, notes d'EDF, loyer et charges... inflammation du pénis, dépression des testicules, engorgement de l'urètre doublé d'une pénurie de débouche-lavabo... c'est tout ça, le Duck, un petit être complexe.

— Mais il sait qu'il a l'air d'un sapin de Noël ?

— Excellent camouflage, non ?

— C'est grotesque !

— Prends la vie comme elle vient, Ulrike, dans une heure on sera peut-être morts. Laisse tomber ta lourdeur germanique.

Elle me caressa le menton d'un geste effronté et élégant.

— Et puis quoi, Herr Spaghetti ?

— Oh, changez de ton, Miss Kartoffel !

L'air fâché, j'ouvris sans frapper la porte du bureau du Duck et, assez fort pour que tout le monde entende :

— Viens un peu dans mon bureau, toi !

Le lieutenant déplia son grand corps d'un mètre quatre-vingt-quatorze et me suivit, résigné à recevoir un savon.

15

L'homme, un général, avait été menotté et bâillonné puis jeté dans une cave aux murs de béton.

Le peu qu'il avait vu l'avait édifié. Il savait que le trio, deux Irakiens et un ex-colonel français, ne lui ferait pas de cadeaux.

Plus grave, il pensait savoir pourquoi.

Il inspecta de nouveau la cave éclairée par la lumière cruelle d'une rustique baladeuse, l'ampoule étant protégée par un simple pourtour d'acier ajouré et le tout tenu au plafond par un clou cavalier.

Il avait vu câbles électriques et téléphoniques dans des saignées étroites, profondes de plus d'un mètre. Celles-ci n'avaient pas été recouvertes, afin qu'on puisse réparer sur l'instant en cas de nécessité. Intelligent, le trio ne posait pas les câbles tendus, comme il est d'usage, mais lâches et serpentiformes, en sinusoïde. Beaucoup moins de chance de les sectionner lors d'un bombardement, par exemple. Le général songea que le reste était sans doute à l'avenant.

Il entendit un bruit de serrure électrique, leva les yeux et vit le Français, Klement Malinovski. Il lui avait fallu réfléchir un certain temps pour retrouver son nom, mais il est vrai que tout le monde le croyait mort depuis plus de dix ans.

Une triste affaire. Un officier brillant, parlant six langues, magnifique homme de terrain. Et puis ce drame affreux...

Malinovski tira un escabeau et s'assit en face du général, très mal à l'aise, qui balbutia :

— Écoutez, colonel...

— Je ne suis plus colonel. Je ne suis plus français. Je ne suis plus rien, vous et vos pareils m'avez tout pris. Ma femme et ma fille brûlées vives pendant que je pourrissais dans une prison irakienne...

— Ce n'est pas moi, l'ordre ne venait pas de moi, je ne suis pas responsable.

— Mais bien entendu. D'abord le Président, cette vieille ordure qui a eu le bon goût de crever avant mon retour. Puis Lemoine, le patron des services secrets. J'irai le voir aussi, celui-là. Mais vous, vous qui aviez été spécialement détaché au Quai d'Orsay, vous saviez que je n'avais pas parlé, que je suis un homme qui résiste à toutes les tortures. La France !... Quelle sale putain, celle-là ! Je me suis fait arracher tous les ongles des mains à la tenaille, tous ceux des pieds, et je n'ai pas lâché un mot pour ne pas nuire à ce pays pendant que ses dirigeants faisaient exécuter ma femme et ma fille.

— Mais vous aviez appelé d'Irak, nous en avions la preuve par le satellite !

— Vous aviez enregistré la conversation ?

— Elle était codée, nous devions la communiquer au chiffre.

— Codée ?... Pauvre connard !... Je prenais simplement des nouvelles de chez moi. « Tu vas bien ma petite fille » voulait dire « Tu vas bien ma petite fille » et pas « Deux divisions de la garde, une escadrille et trois batteries d'artillerie ».

— Les Irakiens tendaient un piège.

— Peut-être. Ils savaient qu'en me tirant du cachot pour appeler chez moi, ils allaient affoler les Services français. C'est de bonne guerre. Me torturer aussi : après tout, ils étaient chez eux et j'étais un espion et un saboteur qui avait détruit deux raffineries. Mais vous ?... Vous tous, tas d'ignobles salauds ?...

— Ça a mal tourné. Il n'a jamais été question de les tuer. L'incendie devait seulement les précipiter hors de chez elles. Les Services seraient alors intervenus et auraient pu fouiller en toute tranquillité. Je ne comprends pas ce qui est arrivé. Cette explosion de gaz imprévue, un vent violent...

Malinovski le gifla puis sortit sans un mot.

*

— Où est le Duck ? demandai-je.

Hautes-Études affecta un air tragique.

— Il meurt d'amour.

— Va dire au mourant qu'il se pointe ou c'est moi qui vais le chercher pour une résurrection agitée.

Il était 16 h 5 lorsque l'équipe se réunit dans notre salle de briefing.

J'étais un peu obsédé par l'idée que je jouais très serré en dispersant mes forces à l'encontre des ordres reçus de l'échelon suprême de la hiérarchie. En outre, si nous avancions à grands pas dans les autres affaires, je n'avais pas même quelque chose de concret à présenter en forme d'excuse éventuelle, tandis qu'un sort funeste m'empêchait de réellement progresser sur l'affaire principale, celle des terroristes.

C'est par là que j'attaquai :

— Hautes-Études ?

— J'avance très vite, Pado, mais on a le temps contre nous. On a isolé les noms de trente spécialistes en explosifs, y compris des types ayant fait des stages où ils firent montre d'un réel brio.

— Tu fais débuter ta liste de suspects à quel moment ?

— C'est arbitraire mais j'ai choisi 1981, Mitterrand étant celui qui a monté le plus de coups tordus depuis l'assassinat du photographe sur le *Rainbow-Warrior* aux écoutes téléphoniques en passant par les Irlandais de Vincennes, les milliers de saloperies africaines et tout le reste.

Je hochai la tête.

— T'avances, sur les trente noms ?

— J'ai quatorze types hors du coup, vraiment pas soupçonnables, alibis vérifiés. J'ai aussi six morts : accidents de la route, maladie, suicide, et un qui s'est fait exploser la tête avec du C 4 à l'entraînement. Faut y ajouter deux disparus. Pour les autres, c'est en cours. Tous les officiers de police que tu m'as filés bossent là-dessus. Ça peut aller très vite, pour une fois, tous les autres services coopèrent.

— T'as combien de blonds, là-dedans ?

— Trois blonds. Des blonds marqués, bien blonds, quoi. J'ai montré des photos à nos deux témoins : échec.

— T'as pensé aux morts et aux disparus ?

Nous n'eûmes pas le temps d'approfondir, le téléphone de la ligne prioritaire sonna. C'était le directeur, bien entendu. Il paraissait nerveux, presque aux abois. Bien plus nerveux que je ne l'étais moi-même mais il est vrai qu'il avait davantage à perdre.

Je dédramatisai :

— « Anne, sœur Anne, ne vois-tu rien venir ? » Si, la route qui poudroie et un ministre qui merdoie. Non, monsieur le directeur, vos inquiétudes sont tout à fait prématurées... mais certainement, monsieur, bien sûr que nous y arriverons : vous ai-je jamais déçu ?... C'est ça, je vous informe.

Je raccrochai et oubliai cette idée de soumettre les photos des morts et disparus aux témoins. J'allais le payer cher.

Je fis signe à Primerose.

— Patron, je me suis tapé presque tous les théâtres de travestis de la capitale, les boîtes homos tendance efféminée, les bars à moustachus en blouson de cuir... Si ça existait, je pourrais devenir rédacteur en chef de *Modes et travelos*.

Je souris, il reprit :

— Pourtant, j'ai un suspect... Quand je dis suspect, je respecte les formes, parce que, pour moi, c'est lui.

— Mais c'est quoi, ce mec ?... demanda le Duck.

— Plutôt jeune...

— À quoi il ressemble ? insista Hautes-Études.

— Comment vous dire ?... C'est pas Alain Madelin, c'est plutôt le genre *Les Souffrances du jeune Werther* de Goethe. D'ailleurs, je n'aime pas Alain Madelin avec son physique déconcertant de chanteur de rock libyen.

Là n'était pas le problème.

Confiant l'enquête à Primerose, qui ne faisait pas mystère de son homosexualité depuis notre rencontre sur l'affaire des « tueurs de flics » en 1975, je prenais un petit risque. N'allait-il pas chercher, inconsciemment, à couvrir le milieu homo au détriment du service et de la vérité ?

La vie est aussi compliquée qu'une notice de montage d'un meuble Ikea.

Je passai outre à mes angoisses.

— Comment il s'appelle ?

— Albin Lécussan. C'est un étudiant en médecine, plutôt brillant. Inconnu dans les lieux homosexuels.

— Sur quoi tu te fondes ?... questionna Hautes-Études.

— J'étais tout à l'heure du côté de la place de Clichy. Un spectacle de travelos chantants, une sorte de minicomédie musicale archi-nulle. Dans la salle, trois pelés et un tondu. J'avais été là par routine et j'ai vu ce type, ce Lécussan.

— Et alors ?... interrogea le Duck.

— Il regardait les travelos avec une haine extraordinaire mais ça ne l'empêchait pas de se branler discrètement sous son imperméable.

— Difficile, avec ça, de dépasser le stade du soupçon !... constata sans passion Brégégère.

Primerose ne s'émut pas pour autant, poursuivant :

— C'est vrai. A priori. Mais j'ai derrière moi toute ma carrière à la police criminelle, et je vous le dis simplement en me foutant totalement du fait que vous me croyez ou pas : ce regard-là, c'est celui d'un assassin, d'un type qui a déjà tué et qui veut tuer encore.

Nous fûmes tous impressionnés par le ton et les paroles de Primerose. Ulrike questionna :

— À combien chiffrez-vous la possibilité d'être dans la vérité, capitaine ?

— C'est simple : 100 %.

— Sur un regard, pas davantage... remarqua Florence Abramowicz qui découvrait le métier et, du même coup, cette certitude absolue, infaillible, qui nous vient quelquefois dans les enquêtes criminelles. Pas assez souvent, hélas.

— Tu l'as suivi ? demandai-je.

— Oui. Il ne se méfie pas, mais alors pas du tout. En tout cas, pas cette fois. Il se déplace en métro et m'a conduit devant un immeuble du boulevard Philippe-Auguste. La concierge, coup de bol, aime la police de son pays, comme elle dit. D'après elle, il ne reçoit pas d'homme, mais pas de femme non plus. En outre, il sort pas mal le soir et est abonné à une revue de tir.

Tiens, tiens : les trois travestis avaient été tués par balles...

— Bon travail !... constatai-je en ajoutant : Qui surveille le domicile ?

— Freysse et Poinsot sont en planque.

Je demeurai un instant perplexe sur la conduite à tenir, puis :

— On essaye de le serrer en flag. On prend le risque de perdre du temps d'un côté, mais si on le chope comme ça, la procédure sera rapide. Faut qu'à 21 heures tous les jours on soit dans les mêmes salles que lui, dès aujourd'hui. Ça nous oblige à avancer l'heure de la réunion du soir.

Je sentis la main d'Ulrike se crisper sur mon avant-bras.

— Tonio, tu n'y penses pas ?... Et les terroristes ?

J'eus un geste vague.

— On considère que Lécussan, c'est des heures sup sur notre maigre temps de repos. Et puis les terroristes, on en est encore à la mise en place. C'est toujours laborieux. Crois-moi, on perd moins de temps qu'il n'y paraît.

— Mais le ministre, le directeur...

— On les emmerde !... Cette nuit, ou une autre nuit, il y a un type qui se travestit et se produit sur une scène et, à cause de ça, on veut le flinguer. Ce travelo, pendant qu'on parle, il vit encore. Peut-être qu'en ce moment il rêve, il mange, il se fait baiser devant la fenêtre en regardant la neige ou bien c'est lui qui baise une superbe nana, est-ce que je sais ? Oui, qu'est-ce que j'en sais, sinon que c'est un homme, nom de Dieu ! Et j'ai envie que pour lui, que pour un maximum d'êtres humains, ça continue le plus longtemps possible, ce truc hideux et merveilleux qu'on appelle la vie.

Florence, qui venait de répondre au téléphone, tourna vers moi sa frimousse angoissée.

— Patron, le directeur sur la 2.

Dans mon dos, j'entendis Hautes-Études souffler à Ulrike :

— Délicieusement démodé, notre Padovani, ne trouvez-vous pas ?

— Délicieusement !

Je me dis que jusqu'ici ça allait.

16

Il n'y avait plus une seule bagnole au parking de la police, excepté les cars, mais tout de même, en arriver là !

Ma 406 m'avait été piquée, sans doute par un officier de police qui, ce soir, me croyant déjà parti, sortait peut-être une femme. C'était bien de ma faute, aussi, avec ma manie — connue de tous — de laisser les clés sur le pare-soleil.

J'avais choisi d'emmener le Duck avec moi, histoire de lui faire oublier la vilaine nana qui lui causait des soucis. Revers de la médaille : ou j'acceptais de monter dans son « Hiace », avec un « C » devant façon graffiti, ce dont il ne pouvait être question eu égard à la dignité de ma fonction, où nous nous rendions à l'Institut médico-légal, puisque c'était là que j'étais attendu, dans ma Triumph.

Vu le ciel couvert, je remontai la capote et nous grimpâmes dans la TR4.

Je descendais le boulevard de l'Hôpital assez vite lorsque mon portable fit entendre sa petite musique, *Brave Scotland*. Je tendis l'appareil au Duck. Il répondit par plusieurs grognements, prit quelques notes puis, coupant la communication :

— Mauvaise nouvelle, patron : les plongeurs se sont trompés sur la nature du bateau-mouche. Le nôtre, le *Calamity-Jane*, portait bien son nom.

— Qu'est-ce que tu veux dire ?

— Il n'appartient pas à la classe *Louisiane-Belle*, qui peut recevoir deux cent cinquante personnes, mais à celle du *River-King*.

— Mais encore ?

Il consulta ses notes et reprit :

— Le *Calamity-Jane* est ce qui se fait de plus gros dans la classe *River-King*. C'est un véritable paquebot fluvial qui avait pour port d'attache la proximité immédiate du pont Mirabeau. C'était une unité qui fonctionnait pour trois cent cinquante personnes.

— Merde, c'est cent de plus !

— Il y avait plusieurs formules possibles : séminaires, mariages, comités d'entreprise, soirées dansantes, anniversaires, présentation de produits...

Je le coupai.

— Abrège ! Il y a autre chose ?

— Cette couille, c'est parce que tout le personnel était à bord, en extra, pour mieux servir les Ricains. Tous morts, pas d'infos...

Je trouvais assez extraordinaire que ni les plongeurs, ni les flics, ni l'ambassade US n'aient cherché à approfondir ce point, mais bon, plus la société se perfectionne, plus il y a de dysfonctionnements. C'est comme ça.

Le Duck grogna :

— Ça va pas calmer les Ricains. Sûr que Donald Rumsteack et Gorgonzola Rice [1] vont s'énerver.

1. Donald Rumsfeld, secrétaire américain à la Défense, et Condoleeza Rice, conseillère américaine à la Défense.

La Triumph, un instant bloquée à un feu de croisement, eut un départ foudroyant, clouant sur place une énorme BMW. Le Duck émit un sifflement admiratif.

— Nom de Dieu, patron, la classe de cette caisse !

— Ouais, merci pour elle... Dis, y a pas que les Ricains qui vont gueuler, Sarkozy aussi.

Le Duck n'aimait pas du tout notre ministre.

— Ah oui, le superflic !... Il entendrait péter une fourmi à huit cents mètres.

— Mais seulement si la fourmi a bouffé des haricots blancs... Tu trouves pas qu'on est distingués, comme mecs ?

Nous échangeâmes un sourire.

Trois minutes plus tard, la Triumph entrait dans la cour de l'Institut médico-légal, quai de la Rapée. Il y avait des cercueils empilés dans tous les coins et nous ressentîmes l'envie fugitive de repartir immédiatement. Des cadavres, on en mettait partout, dans les morgues de banlieue et de province, dans des installations de l'armée et même dans un hangar frigorifique de Rungis.

Nous retrouvâmes le légiste et le directeur à l'intérieur.

Le directeur était blême. C'était un homme de bureau peu habitué à la vue des cadavres tels que celui que nous observions tous les quatre.

Le susdit cadavre était celui d'un type d'environ soixante ans posé complètement nu sur une table carrelée d'un blanc jaunissant et équipé de rigoles sur les côtés.

— On commence ? demanda le légiste, un gars aux traits lourds, l'air fatigué.

Je hochai la tête et bientôt il joua du bistouri et de sa petite scie circulaire électrique.

Les rigoles s'emplirent et le directeur pâlit plus encore, disant niaisement :

— Tiens, ça s'évacue par le trou.

Il m'énervait :

— Monsieur le directeur, la mission d'un trou en présence d'un corps liquide est de faciliter la fuite de ce dernier.

Le légiste m'envoya un regard approbateur et ricana mais, aussitôt :

— Tiens, il a un truc bizarre aux yeux... Vous permettez ?

— Mais comment donc !... ironisa le Duck.

D'un geste habile, le légiste découpa les paupières. Il tira un fil presque invisible à l'aide d'une précelle.

— Ah, c'est pas mal fait... Du fil transparent... On lui a cousu les paupières, à votre bonhomme.

Il ajouta :

— Orbites vides. La victime a été énucléée, sans doute de son vivant. Ah, il y a autre chose...

Il changea de précelle, farfouilla dans les orbites et en sortit deux insectes morts qu'il déposa sur le carrelage.

— C'est des blattes ?... demanda le directeur qui n'en loupait pas une.

Je me penchai.

— Plutôt des abeilles, non ?

— Exact !... lança le légiste qui se recula, ôta ses gants en plastique et réfléchit.

Il alluma une Player's, puis :

— C'est un très vieux truc, ça. Les miliciens

l'employaient parfois contre les maquisards capturés, surtout les maquis rouges de Haute-Vienne, enfin, dans le Limousin.

— Ça consiste en quoi ?... demanda le Duck.

— On ôte les yeux du type, on introduit une guêpe dans chaque cavité et on recoud grossièrement. Les guêpes veulent sortir de cette prison de chair et bourdonnent, s'agitent, se cognent. Ça fait un bruit terrible quand c'est dans vos propres yeux parce que le gars, lui, il est toujours vivant. Parfois, le « patient » devient fou.

— C'est un supplice de fils de pute !... lâcha le Duck.

Le légiste hocha la tête.

— De miliciens, nous sommes d'accord.

Nous nous dirigeâmes vers la sortie. Les trois autres tables étaient occupées par des corps.

Je manifestai un intérêt poli :

— Des Américains ?

Il acquiesça en tapotant familièrement le ventre d'un cadavre :

— Américain ou trotskiste. Pas si difficile à reconnaître, les Yankees n'ont pas les mêmes dentistes et puis leurs vaccins ne sont pas faits aux mêmes endroits. Ils préfèrent la cuisse à l'épaule... Ceux-là ont été repêchés au pont de Bezons et ne seront pas faciles à identifier en raison de fractures multiples et de plaies ouvertes sans doute dues aux hélices des péniches.

Une fois dans la cour, le directeur, sous le coup de ce qu'il avait vu, m'accompagna jusqu'à la Triumph.

— Où est votre voiture ?

— Laquelle ?... Mon Alfa Romeo a cramé dans l'attentat qui visait à me faire la peau. Ma voiture de service m'a été piquée dans le garage souterrain de l'hôtel de police. Il me reste ma Triumph, mais je vous préviens que mon parc auto a ses limites, monsieur le directeur.

— Vous serez bien entendu indemnisé pour votre Alfa, Padovani, et très avantageusement, considérant le traumatisme et la gêne occasionnés, n'est-ce pas... Cela dit, c'est pas si mal pour l'image qu'on vous voie dans cette... cette...

— TR4. Une Triumph, monsieur le directeur !... précisa le Duck.

— Oui, une Triumph !... C'est amusant, n'est-ce pas...

— Ce n'est pas le premier mot qui me viendrait à l'esprit !... répondis-je assez froidement.

Il n'écouta pas même. Fouillant dans une poche intérieure de sa veste de costard façon croque-mort, il en sortit une photo qu'il me tendit sans un mot. On y voyait un type en uniforme de général de l'armée française.

— Vous le retapissez ?

— Oui, répondis-je, c'est le mec qui a des guêpes dans les yeux.

Le directeur soupira :

— Général de division Bertrand Le Braz. Avant et pendant la guerre du Golfe, il avait été détaché au Quai d'Orsay. Officiellement, pour faire la liaison entre la Défense et les Affaires étrangères. En réalité, pour tenir au courant... ou pas... les diplomates des coups pourris de l'Élysée. C'était pratique courante avant que Mitterrand passe l'arme à gauche.

Je remarquai :

— Quand Mitterrand a passé l'arme à gauche, c'était bien la première fois qu'il était à gauche. Pour nous, c'était la bonne.

Il ne releva pas.

— Vous voyez la constante ?

— Oui. Un ex-ministre des Armées, un directeur général de l'armement, un général détaché en Irak pour les coups dégueulasses : on reste dans le cadre de la première guerre du Golfe.

— C'est cela, Padovani. Mais vous devez comprendre qu'il y a deux volets à cette affaire.

— Deux volets qui ouvrent sur quelle fenêtre ?

Il se tourna vers le Duck.

— Éloignez-vous, lieutenant.

— Il reste ! dis-je d'un ton sans appel, ajoutant : Je subis bien votre chargée de com.

Le directeur fusilla le Duck du regard et poursuivit :

— Ces personnalités flinguées, du point de vue du pouvoir, c'est pas le plus grave. Bon, d'accord, ça porte atteinte à l'autorité de l'État mais tous ces gugusses étaient très marqués, je veux dire socialistes ou très proches des socialistes. En haut lieu, on ne s'afflige pas outre mesure, vous l'imaginez bien. On préfère même franchement que vos efforts portent sur la protection du public, je me fais bien comprendre ?

Autant de bêtise m'agaçait.

— Pas vraiment... Les tueurs ont un dessein, et ça passe par un truc qui s'est produit lors de la première guerre du Golfe. Si on trouve le mobile, on sera en bien meilleure posture pour les serrer.

Il réfléchit un instant et dut se convaincre sans peine que, n'entendant rien à la police criminelle, il ferait mieux de me laisser faire.

— C'est votre enquête, après tout. Mais mettez bien tout votre monde là-dessus.

Un flocon de neige tomba sur son gros pif et fondit aussitôt.

— C'est assez con, les flocons de neige ! remarquai-je, histoire de dire quelque chose.

17

Frank Raynouard regardait avec un intérêt soutenu la dernière édition du journal télévisé de France 3.

Cette affaire de terroristes du RER le passionnait. Il admirait des types capables de minuter aussi bien une opération si complexe : balancer un train sur un bateau ! Il imaginait le désarroi des flics et s'en amusait.

Âgé d'une quarantaine d'années, plutôt gras, il avait un temps possédé une société assez minable spécialisée dans les fournitures de gradins pour les spectacles en plein air du côté de Toulon. C'est dans cette ville, par l'intermédiaire d'une ancienne prostituée, qu'il était entré en contact avec un proxénète du nom de Raoul Moutin, dit le « Beau Raoul ». L'homme, décédé depuis dans des circonstances assez obscures pour que le Parquet de Toulon ouvre une information judiciaire contre X, fournissait certains membres de la haute bourgeoisie locale en chair fraîche. Principalement des mineurs prostitués des deux sexes cédés à prix d'or pour des séances sadomasochistes.

Entré un peu par hasard, et par la petite porte, dans cette histoire, Raynouard s'y était assez vite fait remarquer. Et, tout aussi vite, il avait trouvé à redire sur l'aspect « organisationnel », justifiant ses critiques non pour des raisons morales mais d'un point de vue technique. Adepte laborieux de la « novlangue », un baratin qui déconcertait un peu les voyous, et eux seuls, on l'écouta.

Sa ligne était la suivante : on pouvait certes torturer des enfants et des adolescents, par exemple en leur infligeant des brûlures de cigarettes sur le corps avec une prédilection pour les parties génitales, mais n'était-il pas dangereux, une fois qu'ils avaient subi pareil traitement, de les remettre sur le « second marché », c'est-à-dire la rue et le tapin « ordinaire » ? De les laisser là, à la merci d'une patrouille de flics et d'un officier de police un peu plus entreprenant que les autres, eux, ces mômes qui étaient autant de témoins à charge potentiels lors d'éventuels procès d'assises ?

Il avait tenté, en vain, de convaincre le Beau Raoul d'enlever purement et simplement des enfants, de les « user » en circuit fermé pendant quelques mois en les gardant reclus puis de les faire discrètement disparaître, à jamais, étant entendu que la « matière première » était inépuisable.

Devant son impuissance à convaincre le Beau Raoul, Raynouard s'était éclipsé, se repliant quelque temps dans la région d'Orléans avant de gagner Paris.

Bien qu'il fût lourd et peu agile d'esprit, il avait appris tout de même deux choses.

Primo, les riches bourgeois perdent complètement leurs moyens, leur dignité... et leur argent devant les adolescents offerts. Et plus l'ado est jeune, plus le tabou est enfreint, plus l'attirance devient irrépressible. Ainsi, une petite Roumaine de douze ans avait été mise aux enchères dans une villa perdue de l'arrière-pays varois... Roublard, Raynouard s'était dit que « l'enfant est l'avenir de l'homme ».

Le second enseignement tenait à une révélation sur sa propre personnalité. Silhouette épaisse, sentant perpétuellement la sueur et un total manque d'hygiène corporelle, sans délicatesse amoureuse mais oreille complaisante aux histoires d'autrui, toujours prêt à offrir un joint aux femmes en perdition ou à les faire boire, il captait la sympathie des paumées et des radeuses. Ainsi, les pauvres filles généralement vieillissantes et négligées avec lesquelles il copulait dans des lieux cafardeux ne lui tenaient pas rigueur de sa brutalité, n'ayant souvent jamais connu autre chose.

L'une d'elles, dans une banlieue-dortoir d'Orléans, lui avait involontairement glissé le mot qui devait permettre sa réussite actuelle. Fille facile surnommée le « Cul à pattes », il la faisait boire et la prenait sur un matelas en mousse dans un endroit sordide qui sentait l'urine. Puis il la laissait se mettre au volant en état d'ivresse, tant il tenait peu à elle, indifférent au fait qu'elle vive ou qu'elle se tue. Mais un jour...

Il se remémora la scène. Cette femme de quarante ans minaudant comme une gamine, ses cuisses trop maigres, son cou gonflé d'un goitre naissant, l'eau oxygénée mal répartie sur ses cheveux, sa vilaine peau, son teint blafard de bambocheuse, sa moustache rasée qui piquait et ses gros yeux globuleux. Il revoyait cet être conformiste et de peu de conséquence se disant « rebelle », qui parlait toujours d'un « grand amour » qu'elle avait été assez stupide pour écœurer et perdre à jamais. Elle était là, debout, un instant immobile, jambes écartées à laver son sexe avec un chiffon humide lorsque, l'observant, elle avait lâché en gloussant :

— J'aime pas que tu me regardes quand je me lave le cul, Nounours.

— Pourquoi tu m'appelles Nounours ?

— Taratata-taratata !... Parce que tu me fais penser à un gros nounours, à cause de tes kilos, quoi. Et puis merde, je prends du bon temps, moi !

« Nounours », la formule idéale, sa raison sociale !

Le mot qui, avec les petits gosses, débloquait vite la situation : « N'aie pas peur, tu vois pas que je suis un gros nounours ? »

Lâchant sa radeuse promise à un triste destin, il était monté à Paris pour y affiner sa stratégie. Plus question d'utiliser des gamines et des gamins prostitués. Pourquoi, tout simplement, ne pas enlever des gosses ordinaires ? Il y en avait plusieurs millions dans la région Île-de-France !... Matière première inépuisable. C'est comme ça qu'il ferait fortune, lui dont la mère l'avait mis au monde sous le pont de la Puce qui, à La Garenne-Colombes, enjambait les voies ferrées.

Raynouard n'avait jamais tué d'enfant. La chose ne l'intéressait pas. Il avait violé quelques-unes de ses victimes, plutôt les filles, en se donnant l'alibi qu'il fallait bien les « préparer ». En fait, rétrécissant les risques, le dynamique Nounours travaillait exclusivement pour deux clients, lesquels, au reste, ne se connaissaient pas. L'un d'eux dirigeait un journal, rien de moins, et l'autre était un avocat assez connu. Ils payaient chaque viol mille six cents euros. Puis venait une autre phase... L'un et l'autre, le dernier viol accompli, avaient tué, la mise à mort étant comprise dans le forfait lorsque le moment venait d'en finir avec un gosse pour en enlever un autre. Coût du meurtre : quarante-cinq mille euros. La prestation de service de Nounours comprenait l'enlèvement du petit cadavre.

Nounours était assez fier d'avoir inventé cette frime à la rose noire. Un bon moyen d'égarer les flics qui devaient chercher un maniaque versé dans l'étrange et non, tel qu'il se désignait lui-même, un simple « prestataire de service ». Il pensait, non sans raison, que faute de saisir le bon « profil » de l'homme qu'elle recherche, la Brigade criminelle est aussi inefficace qu'une chauve-souris sans ultrasons.

Il tenait dans sa cave une petite Marine âgée de six ans qu'il « utilisait » depuis deux mois. Un produit, pensait-il, qui perdait de sa fraîcheur et dont il fallait envisager de se séparer. Il avait lu dans le journal qu'il s'agissait d'une petite Coréenne adoptée par un couple de profs. Le « modèle tropical », comme disait l'avocat.

Coupable de rapts, violeur, complice de meurtres d'enfants, Nounours assurait également l'intendance. Il fallait laver les gosses, s'occuper de l'entretien, s'improviser coiffeur, cuisinier, infirmier pour ces enfants reclus dans des caves.

Nounours avala coup sur coup deux verres de vin, rota, émit un gaz puis se roula un joint en murmurant : « Pas de souci, Nounours ! »

Mais il savait que c'était faux. En effet, il y avait ce petit Joachim, enlevé alors qu'il n'avait qu'un an et qu'il conservait depuis quatorze mois. Un môme chétif, qui avait failli mourir d'une simple grippe, mais un môme auquel personne n'avait encore touché. Pour cela, et la mise à mort, il exigeait cent cinquante mille euros, en liquide. Les deux clients, quoique tentés, regimbaient mais Nounours savait que ce n'était qu'une question de temps.

Lassé de s'occuper de l'enfant, il rêvait de l'instant où il pourrait déposer le petit corps sans vie dans une ruelle. Avec une rose noire à ses côtés.

Il se sentait en sûreté : avec cette histoire de RER, toute la Criminelle avait probablement laissé tomber les affaires en cours pour ne se consacrer qu'aux terroristes.

En quoi il se trompait.

Comme il sous-estimait très gravement la haine implacable que lui vouaient les flics lancés à ses trousses.

*

Watban Kazar actionna le démarreur. Aussitôt, le grondement d'un puissant moteur emplit le vaste hangar.

Le camion sortit au pas. Ses pneus salirent la neige.

Dans le rétroviseur, Watban vit Mahmoud Tabaqjili courir refermer la porte du hangar avant de rejoindre Klement Malinoski qui se trouvait au volant d'une Chrysler Seebring volée quelques heures plus tôt.

Le convoi se mit en route. La Seebring ouvrait la marche, suivie du camion.

C'était un camion puissant de l'armée, un Renault G 290 4 x 2 Diesel tirant une remorque-citerne d'une capacité de trente-deux mille litres. Un top, un mastodonte, quatre fois la contenance d'un Magirus Deutz d'aspect plus familier.

Watban Kazar se sentait parfaitement à l'aise au volant. Il avait à peu près tout piloté, de la tondeuse à gazon autoportée au Boeing 747 en passant par tous les modèles de chars d'assaut soviétiques.

Puis il pensa à Paris, cette ville qui déclinait au fil de fêtes de plus en plus minables. « On vous en prépare une belle, de fête ! »

Il eut envie d'allumer une Winston puis il pensa aux trente-deux mille litres d'essence qu'il transportait dans sa citerne.

Il se rabattit sur un chewing-gum peppermint.

18

C'était une salle de théâtre exiguë et assez misérable, pouvant accueillir un grand maximum de vingt-cinq spectateurs. Située dans une petite rue proche de la place de Clichy, il fallait vraiment la chercher pour tomber dessus.

Je me tenais dans la loge, si l'on peut appeler la chose ainsi. Des perruques traînaient sur des formes, des bas pendaient sur un fil et des produits de maquillage se mélangeaient sur une étroite planche soutenue par des tréteaux. Les glaces étaient sales, on y voyait des chiures de mouches datant de l'été. Quant aux murs au plâtre écaillé, ils n'avaient pas dû être repeints depuis l'invasion des Wisigoths.

Notre type, le nommé Lécussan, était là aussi, bien installé dans son rôle de suspect numéro un dans l'affaire des meurtres de travestis.

Il n'était pas seul à attendre le lever de rideau. Ainsi, j'avais fabriqué deux faux couples : le Duck et Florence Abramowicz d'une part, Hautes-Études et Ulrike Treshckow d'autre part. Brégégère surveillait la sortie, Primerose était en batterie devant l'entrée des artistes tandis que j'étais embusqué dans la penderie de la loge des actrices.

Je me faisais penser à un mari jaloux dans une pièce de Labiche ou de Feydeau mais, au fond, c'était d'actualité : n'étions-nous pas au théâtre ?

Pour une efficacité optimale, nous communiquions entre nous par de très discrets émetteurs-récepteurs à oreillette.

Le directeur-caissier-ouvreuse nous avait réservé un accueil enthousiaste et offert sa totale coopération : à Pigalle, c'est fou ce qu'on aime obliger les flics — sachant qu'ils s'en souviennent toujours, comme il sied à une police efficace.

J'avais également échangé quelques mots avec les deux « actrices » de la pièce. La première, portant perruque brune, avait pour nom d'artiste Lucie Mondésir. Elle avait un joli cou à la Marie-Antoinette et aurait fait une belle décapitée. « Il-elle » ressemblait à l'acteur anglais Hugh Grant, le genre tête à claques, et tapinait auprès des vieux messieurs sous le nom de la « Louve solitaire », voire de la « Suceuse industrielle ». À part ça, il n'y avait rien à dire de Lucie, c'était un petit gars renfrogné, peu causant, dont les énormes implants mammaires, installés — si l'on ose dire — sur un maigre thorax de poulet, semblaient aussi déplacés que Saddam Hussein et Fidel Castro bras dessus, bras dessous en visite officielle à Disneyland.

Tout autre était sa compagnonne, la redoutable Osso Buccale : un nom de circonstance pour cette championne de la fellation. Ce mec, Osso, était une très belle nana : cuisses fuselées, fesses rondes sans un gramme de cellulite, poitrine évoquant des torpilles nippones, très beau visage d'Indienne aux hautes pommettes, regard charbonneux contrastant avec la perruque blonde. Dommage qu'elle eût des couilles de rhinocéros, les couilles les plus monstrueusement volumineuses que j'aie jamais vues — mais j'en ai vu bien peu : ça gâchait vraiment tout le reste, enfin, l'impression première.

La diablesse, qui me savait dans la penderie, ne manqua pas de jouer les polissonnes en me provoquant :

— Penser que le commissaire Padovani en personne est planqué au milieu de mes guêpières et de mes nuisettes, j'ai mon string complètement inondé.

— Ça te change pas beaucoup !... remarqua la maigrichonne Lucie Mondésir d'une voix morne.

Osso ne tint aucun compte de cette interruption et, entrouvrant la porte du placard, elle approcha son visage du mien, ses lèvres siliconées m'évoquant deux méduses qu'un fou aurait collées l'une sur l'autre avec de la Super Glue 3 :

— Tu me fais beaucoup d'effet, mon chéri.

— On en reparle dès que tu te fais amputer de tes deux énormes choux rouges, mon loup, mais même là, je demeure très sceptique.

La phrase réfréna l'enthousiasme de la belle Osso Buccale d'ailleurs appelée avec sa copine à aller se produire sur scène. Pourtant, elle revint sur ses pas et me caressa la joue.

— Protège-moi bien, mon poulet, je représente quatre-vingt-neuf kilos d'amour et j'ai si peur...

— Je suis là rien que pour ça, ma biche, mais te prends pas la tête et cesse de penser qu'une balle dans le rectum te pend au nez !

Elle sourit faiblement à ma lourde plaisanterie et quitta les lieux en secouant son derrière tout en tanguant sur ses hauts talons.

Moi, je n'avais plus qu'à attendre en espérant que

ce serait pour ce soir. En effet, recommencer ce cirque le lendemain me paraissait au-dessus de mes forces.

Et, pourtant, il le faudrait peut-être.

Pour tromper l'ennui, il y avait bien un livre qui traînait entre blush et rimmel, mais c'était, hélas, du Françoise Giroud, l'ancienne ministre de Giscard récemment disparue.

Je songeai : avec Françoise Giroud, c'est un peu des têtes de gondoles qui s'en vont.

*

Ils avaient choisi de parer l'énorme camion aux couleurs de la British Petroleum, eu égard au rôle belliciste joué par l'Angleterre lors de l'invasion impérialiste de l'Irak.

Watban Kazar, au volant de l'imposant G 290 4 x 2 tractant sa citerne de trente-deux mille litres, en avait bavé à double titre. En effet, bien qu'il fût un chauffeur exceptionnel, il devait faire appel à toutes ses ressources, y compris ses réflexes les plus pointus, pour maîtriser son ensemble routier sous une pluie très dense de neige fondue. Laquelle rendait en outre la chaussée des plus glissante.

Et, pour ne rien arranger, il crevait d'envie d'allumer une Winston, sachant qu'il ne saurait en être question avant l'achèvement complet de la mission en cours. Souriant sous son épaisse moustache noire, il se dit que si les choses tournaient mal les flics lui permettraient sans doute de fumer une sèche.

Restait enfin une autre hypothèse : qu'il finisse carbonisé avec sa bombe roulante. « Mais dans ce cas je n'aurai plus du tout envie de fumer !... » remarqua-t-il finement.

Tout à sa conduite, il ne quittait pas des yeux les feux rouges de la Chrysler Seebring dans laquelle se trouvaient Klement Malinovski et Mahmoud Tabaqjili. Il suivait en maintenant un espace d'une quarantaine de mètres.

Watban Kazar ressentit un certain soulagement à l'idée que d'ici peu le convoi pénétrerait dans Paris par la porte de Bercy.

Bientôt, ils seraient à pied d'œuvre.

Lucide, l'ancien colonel spécialiste du sabotage et du contre-terrorisme estimait cependant que le plus difficile était sans doute à faire.

*

Du fond du placard où je me tenais, j'entendis de maigres applaudissements tandis que dans mon oreillette Hautes-Études me soufflait :

— Fin de la représentation... Elles saluent et quittent la scène... Lécussan se lève aussi... Ça va être pour toi, Padovani !

Lucie Mondésir et la plantureuse Osso Buccale entrèrent dans la petite loge. Obéissant étonnamment bien à mes consignes, elles ne jetèrent pas un regard en direction de la penderie aux portes entrouvertes où je me tenais et poussèrent le zèle jusqu'à entretenir une conversation qui pouvait sembler naturelle, parlant du « public à chier », tout comme la pièce qu'elles jouaient, intitulée *Clyto risque tout* !

Il arriva peu après et, au bruit de serrure, je compris qu'il avait fermé à clé derrière lui.

Sa voix était un peu aiguë.

— Alors, les salopes, on joue à la femme ?

Je jetai un regard de biais et, surpris, constatai

qu'il avait assujetti un silencieux au canon de son pistolet. Comment n'y avais-je pas pensé ?... Oh ! le con que je suis parfois !... Un silencieux, cela expliquait sa facile réussite dans les trois précédents meurtres de travestis, et cette façon de prendre la fuite sans être jamais inquiété.

Il enfonça le canon dans la bouche d'Osso Buccale en disant :

— Suce-le, salope !... Vas-y, comme si c'était une bite !

Il tombait mal, avec Osso. Elle prit délicatement le canon entre ses doigts aux ongles vernis d'un éclatant rouge sang et le suça avec un très grand réalisme, voire une poignante sincérité, sans jamais quitter le tueur des yeux.

Elle le défiait, et je trouvais la chose imprudente. Un peu dépité, Lécussan ôta vivement le canon de la bouche du travesti. Il n'accordait pas la moindre attention à Lucie Mondésir, morte de peur, et ne semblait voir que la créature blonde à l'imposante poitrine.

Il ordonna :

— Fous-toi à poil, grosse pute !

Voilà un ordre qu'Osso avait dû entendre des centaines de fois durant sa vie agitée car elle eut tôt fait d'ôter son body et son collant noir.

Choisissant de montrer ses fesses parfaites, elle s'était chastement déshabillée de dos et telle quelle, à supposer qu'on se trouvât dans l'ignorance de sa nature réelle, il aurait fallu être un éternel insatisfait pour ne pas la trouver désirable.

Mais les meilleures choses ayant une fin, elle se retourna.

Depuis mon placard aux portes entrebâillées, j'assistai à la contraction des traits du visage de Lécussan qui remarqua d'un ton curieusement objectif :

— T'as une toute petite bite et des couilles énormes...

— Voilà comme je suis faite, moi !... Surpris, hein ?

— T'es pas normale, salope !

— Et toi, tu crois que t'es normal ?... C'est quoi être normal ?

Vieil instinct de flic de la Criminelle, je sentis que la plaisanterie allait s'arrêter là.

Un masque dur et haineux avait remplacé l'étonnement sur le visage du tueur.

— Je vais vous crever, moi !... Toutes les deux !... Les deux pouffiasses !

Les intestins de la Suceuse Industrielle lâchèrent. Dans un bruit d'ouverture de portes de cathédrale, les excréments se faufilèrent sous le string et se répandirent sur le sol.

Écœuré, Lécussan eut un petit mouvement de recul. Tant mieux.

J'avais renoncé à mon 357 Magnum d'épaule, à mon P 38 trois quarts dos et à mon minuscule Bernardelli au canon de 5 centimètres assujetti dans un holster à ma cheville gauche. Ce que je tenais à la main, pêché dans un étui spécial de hanche, c'était un magnifique couteau de lancer que m'avait spécialement forgé un vieux truand maltais que je n'avais pas accablé dans mon rapport final.

Voilà, c'était mon choix : pas d'arme à feu dans un espace si réduit car l'autre, blessé, ne manquerait pas de riposter. Sauf si je visais la tête avec les balles dum-dum de mon 357 mais là, ça s'appelle une exécution capitale de sang-froid et ce n'est pas mon truc.

En quelques secondes, j'avais violemment ouvert la porte de la penderie, levé le bras et lancé le couteau qui traversa la main de Lécussan dont l'arme tomba sur le sol.

Cinq secondes encore et j'avais d'un coup de pied envoyé l'arme du tueur sous la table de maquillage avant de le menotter.

On ajoutait une poignée de secondes et mon équipe déboulait au grand complet.

Je sentis une main se refermer avec douceur sur mes parties génitales puis découvris le sourire carnassier d'Osso Buccale.

— Tu m'as sauvée !... Un mot, un seul, et je te pompe à mort !

Souriant gentiment, j'écartai sa main de mon anatomie intime.

— C'est gentil, ma beauté, mais j'ai besoin de tout mon venin avant que la nuit ne s'achève.

Je ne croyais pas si bien dire !

*

La suite fut un modèle d'efficacité. À part lorsque Florence fit grimper Lécussan à l'arrière d'une 406 banalisée du service.

Je fis redescendre le tueur puis le fis monter par l'autre côté et sans doute me prit-il pour un maniaque, qu'importe ? Je soufflai à notre jolie petite « bleusaille » :

— Jamais de ce côté, Miss. On place toujours les suspects sur le siège arrière côté droit. Étant derrière le chauffeur, il pourrait l'étrangler avec ses poignets menottés et provoquer un accident. Vous n'oublierez plus ?

Elle rougit.

— Plus jamais, monsieur le divisionnaire.

Ah ! les femmes : so charming !

Muni de l'arme de Lécussan, Hautes-Études fonçait chez les gars de la balistique rappelés d'urgence, mais je ne doutais pas un instant qu'il s'agît bien de l'arme ayant servi lors des trois précédents meurtres de travestis.

Pendant ce temps, j'avais ordonné à Primerose d'aller chercher un mandat chez le juge Ibarnegaray qui instruisait l'affaire. Ayant obtenu son accord, j'anticipai légèrement en envoyant le Duck opérer une perquisition « douce » : aucune porte ne résistait à notre très entreprenant ami.

J'avais griffonné très vite les grandes lignes de mon pré-rapport que Florence, empoignant son ordinateur portable et mes notes, développa et mit aussitôt en forme.

Pendant ce temps, Ulrike Treshckow, Brégégère et moi entreprenions Lécussan, dont la main blessée avait été vue et pansée par notre médecin.

Avec Lécussan, Ulrike affectait le rôle de la grande sœur qui tente de raisonner sa cadette, mais avec beaucoup de tact et de pudeur. Surpris, Lécussan perdait un peu pied en se tortillant sur son siège inconfortable.

Brégégère, habile, la jouait façon père indigné et rude dans le discours tant il est vrai qu'il faut toujours jouer les contrastes.

— Tu vois, tu te conduis comme une petite merde et ça, ça me déçoit... Oh, c'est pas de t'habiller en femme, que je te reproche...

Il regarda les photos trouvées par le Duck chez le jeune homme et fit claquer sa langue :

— Je peux pas te reprocher ça parce que, vraiment, t'es superbe en mini-jupe. Moi, en tout cas, je suis troublé... Ouais, t'es bien plus joli que les travelos que t'as tués.

— Je les ai pas tués !

Brégégère le gifla sans exagération, plutôt pour le choc psychologique, même si on sait, bon, d'accord, que cela ne se fait pas.

Brégégère accompagna la gifle d'un rugissement :

— Ce que je te reproche, c'est de ne pas aller jusqu'au bout, de ne pas revendiquer ce que t'as fait, d'être lâche vis-à-vis de toi-même, ce que t'étais quand t'as pensé faire justice.

Menotté dans le dos, assis sur son méchant tabouret, Lécussan s'en tenait à cette phrase : « Je les ai pas tués ! », qui alternait avec de longs silences tandis qu'il regardait la neige tomber derrière la vitre.

Délicat, encore que...

J'allumai une Camel, lui glissai entre les lèvres et, debout, me plaçai derrière lui. Puis je posai mes mains sur ses épaules contractées et les massai doucement. J'ai de grandes mains, larges mais fines : au bout d'une minute, il se détendit.

Je poursuivis le massage en disant d'une voix douce :

— T'as forcément une raison, et peut-être qu'elle se défend. T'as rien à voir avec les charlots de Pigalle ou les traveloques de ce soir. Rien à voir avec ce quartier, rien à voir avec ce milieu. Il y a une raison, une raison clinique : après quatre années de médecine, t'as dû isoler tout ce qui est symptomatique, non ?... Je pense qu'on vit dans une société pourrie, corrompue et dégueulasse, tombée si bas que lorsqu'elle sera menacée ceux qui pourraient la défendre ne lèveront pas le petit doigt. Ta chance, c'est que certaines choses ont changé plutôt en mieux. Par exemple, il y a trente ans, pour ce que t'as fait on te coupait le cigare, un aller simple pour la guillotine. Aujourd'hui, ce que t'affronteras, ce sont les psychiatres.

Je marquai une courte pause, cessant également le massage. Lorsque je repris, Lécussan laissa échapper un petit soupir de plaisir.

Il ne me voyait pas. J'étais l'homme debout derrière lui, qui lui parlait doucement et aurait légitimement pu l'abattre dans la loge mais ne l'avait pas fait — Brégégère n'avait pas manqué de le lui rappeler.

En fait, je n'avais pas à me forcer parce que je cherche toujours à comprendre, étant entendu que comprendre n'est pas excuser. J'arrivais je ne sais trop comment à préserver un côté émotif, voisinant avec un travail analytique froidement autonome.

À mon sens, ce Lécussan avait un très grave problème. Mais il n'était pas si exceptionnel que ce problème n'ait été déjà rencontré, analysé, répertorié. Il avait moins à redouter l'administration pénitentiaire que l'institution psychiatrique qui allait le broyer, les deux se réunissant, quoi qu'on dise, pour la fin dernière : l'enfermement.

Je repris :

— Tu vas leur dire. Tu dois leur expliquer pourquoi un jeune homme tel que toi, d'un milieu aisé et auquel tout paraît réussir, est mal à hurler dans sa peau d'homme.

— À hurler, c'est ça !... cria-t-il.

C'était sa première réaction émotive. J'imprimai une forte pression sur ses épaules.

— À hurler, bien sûr, on est d'accord. Tu sais, je veux pas te mentir, je crois que ton problème est très particulier, mais des gens mal, mal pour mille raisons, il y en a des millions. On devrait faire ça, tu crois pas ? On parle plus, on discute plus, on leur écrit plus pour protester. Non. Dans la rue, dans le métro, partout, on se met à hurler, comme des bêtes blessées, on leur balance nos souffrances par ce cri, on hurle notre douleur de voir nos vies qui nous glissent entre les doigts, des jours de merde succédant à des jours d'angoisse... On fait ça. On fait ça aux politiques, les Chirac, Fabius, tout ça, les députés foireux, les maires à la con, les sénateurs séniles, les journalistes pourris, on discute pas, on leur hurle à la gueule, à la gueule de toutes ces ordures affolées parce que les gens en face n'écoutent plus, ne sifflent pas, mais hurlent dans les villes pétrifiées.

— Hurler sa douleur !... cria-t-il.

— Vas-y, hurle.

— Je...

— Hurle !

Il poussa un interminable hurlement. J'en fus presque blessé parce qu'il me sembla prendre la mesure de son immense douleur.

D'un geste vif, j'ôtai ses menottes mais replaçai immédiatement mes mains sur ses épaules.

— Je ne sais pas pourquoi t'as tué, j'y connais rien et ça m'emmerde d'apprendre. On n'apprend pas l'âme humaine dans les traités de psychiatrie, on peut juste faire mousser la part d'instinct qui mène à l'autre. Peut-être que ta mère battait ton père, que ta tante Éléonore t'a fait faire des trucs cochons, que Lucien ton hamster a bouffé Alfred le poisson rouge sous tes yeux quand t'avais deux ans, et mille autres trucs. On a tous nos décharges à ordures et nos mines de diamants. J'aimerais que tu leur dises, qu'à ton procès tu leur craches à la gueule pourquoi cet enfer s'adoucissait quand devant ta glace tu devenais une femme, et que peut-être les travestis te renvoyaient une image dégradée de toi-même.

— Je vais leur dire !... Oh ! mais oui, je vais leur dire !

— Écoute, on est tous fatigués... Je ne t'arnaque pas à t'arracher des aveux, ton flingue est à la balistique et même toi, tu dois le savoir : il va parler, il va te balancer. Alors, au fond, je devrais en avoir trop rien à foutre parce que, dans deux heures, t'es cuit.

Il baissa la tête, sachant que je ne mentais pas. J'ajoutai :

— Tous les mecs qui sont passés dans ce bureau avant toi, je leur ai donné une chance : les aveux. Nous, on y gagnerait parce qu'on pourrait se reposer mais toi, vis-à-vis du tribunal et même pendant l'instruction, tu y gagnes encore plus. Pour les magistrats, depuis toujours, les aveux créent un a priori favorable, ça prouve que tu n'es pas un être retors ou dissimulé. J'ai tout le temps été correct avec toi, mais je ne peux pas me substituer à toi : tu choisis.

Il accepta.

La chose ne pouvait pas mieux tomber car Florence entra peu après, l'air ennuyé.

— Monsieur le divisionnaire, le directeur vous attend place Beauvau. Il est furieux.

Les nouvelles allaient vite... Je soupirai et portai

une énième clope à mes lèvres, mais mon Zippo n'avait plus d'essence. J'allais balancer la clope dans une corbeille lorsque Ulrike approcha la flamme d'un Cricket :

— Vous fumez, maintenant ?... demandai-je, étonné.

— Moi non, mais vous oui, et beaucoup trop, d'ailleurs. Je savais qu'un jour vous tomberiez en panne.

— Et vous vouliez être là...

— Voilà.

— Dites-moi, Ulrike, vous ne seriez pas en train de me draguer ?

— Bien sûr que si !

Je souris.

— Ah bon ! je me disais, aussi...

Elle me prit délicatement la cigarette des doigts, tira une bouffée et me glissa la Camel entre les lèvres.

— Je fumais, autrefois.

— Quand vous étiez ado et que vous accompagniez votre grande sœur aux meetings gauchistes du SDS, à l'époque lointaine de nos années rouges...

Il y eut un silence puis elle murmura :

— J'ai aimé ce que vous avez dit à Lécussan. Vous le pensiez ?

— Hélas oui.

— Vous n'avez jamais songé à être avocat ?

— Les robes noires, je les préfère sur les jolies femmes. Sur vous.

Elle baissa la tête. Confuse, elle devenait vraiment adorable. Elle changea de sujet.

— Que vous veut-il, le directeur ?

— M'engueuler. Avec peut-être à la clé un dessaisissement de l'enquête.

— Je viens avec vous, ça éternuera les angles.

— À vos souhaits ! Mais ça peut même les arrondir. Cela dit, on part maintenant. Les engueulades, c'est comme les piqûres : le plus tôt est le mieux.

*

Sur la citerne, l'orifice sur lequel on adapte le tuyau pour le remplissage des cuves avait été doublé par une trappe circulaire d'un mètre de diamètre. Ainsi, le temps d'écoulement des trente-deux mille litres d'essence allait-il être considérablement raccourci.

Le camion Renault G 290 était garé bizarrement : la cabine rue des Abbesses, la citerne engagée à reculons dans la rue Houdon, bien connue pour sa pente vertigineuse. Un triangle rouge avait été placé devant la cabine.

En tenue vert et jaune de la BP, les trois colonels se préparaient.

Le plus délicat serait sans doute le problème des piétons et des curieux.

Mais dans cette rue où de rares travestis attendaient sous la neige le client furtif et honteux, un scandale n'était pas le plus probable.

Klement Malinovski, des flocons de neige dans ses cheveux blonds, sourit de toutes ses dents : l'impossible allait se produire dans quelques instants.

Cette ville de plus en plus pourrie et haïe allait connaître le feu destructeur. Comme sa femme chérie et sa fille adorée assassinées par les représentants de l'État français.

19

— Il va vous recevoir !... nous susurra un quelconque attaché du service du directeur.

Je m'assis avec Ulrike dans un petit coin réservé aux visiteurs. Il n'y avait pas de cendrier, mais l'inévitable ficus de la fonction publique ferait l'affaire.

— C'est un espace non-fumeur, s'il vous plaît !... me souffla le petit peine-à-jouir surgi d'on ne savait où.

Les espaces non-fumeurs à minuit moins le quart dans un ministère désert, c'est trop drôle.

Je le toisai des pieds à la tête puis la lui jouai façon Raimu dans les films de Pagnol :

— Qui dit ça ?... Oh, c'est toi qui me dis ça à moi, à moi commissaire divisionnaire Padovani, numéro deux de la Brigade criminelle ?

Il capitula sans surprise.

— Je cours vous chercher un cendrier, monsieur le divisionnaire.

Je suis bien las de tout cela, le cirque du pouvoir et de la hiérarchie mais ce genre de petit merdeux n'entend pas d'autre langage. Ulrike, qui passait du « vous » au « tu », dut le sentir qui me pressa la main avec insistance.

— Oublie tout ça, quelle importance ?

Pas si facile, surtout avec toute cette fatigue, ces nuits blanches...

Je songeai alors au trajet, qui avait été enchanteur tant la chef de la police criminelle de Berlin s'émerveillait de la TR4.

Il ne manquait pas grand-chose, peut-être une cassette débitant du Fats Domino, un air tel que *Blue Berry Hills*. Ou Louis Armstrong chantant *A Wonderful World*. Mais voilà, on m'avait volé mes cassettes dans le parking de la police où n'ont accès que des flics... Je ne pouvais même pas allumer la radio en raison du centenaire de la naissance de Johnny Halliday : le navrant chanteur chiraquien polluait toutes les ondes de la TSF.

Lorsque la Triumph avait passé le porche de la place Beauvau, le vieux brigadier commandant les factionnaires armés de PM m'avait interpellé :

— Alors ça, patron, vous l'avez toujours ?

— Comment ça ?

— Votre TR4. On l'avait tous remarquée, votre voiture de sport. Vous étiez le premier patron à oser faire une chose comme ça. J'étais jeune à l'époque, c'est quand vous vous êtes fadé les « tueurs de flics » il y a... Il y a...

— Presque trente ans.

Il me dévisagea, stupéfait.

— Merde, alors !

— Comme vous dites. Et rendez-vous dans trente piges.

J'ai l'impression, quelquefois, que la nostalgie gagne du terrain au prorata du développement de la laideur ; c'est sans doute ce qu'on appelle les anticorps.

On m'annonça que le directeur m'attendait.

*

Il était hors de lui, les bajoues tremblant d'indignation.

— Qu'est-ce que j'apprends, Padovani ?... Vous faites la chasse aux tueurs de travelos alors que je vous ai chargé de l'enquête la plus importante de l'après-guerre ?... Mais c'est quoi, ce bordel ?

— Le capitaine Primerose a eu une révélation.

Le directeur cessa de faire les cent pas et nota un mot que je lus à l'envers : « Primerose ». Puis :

— Très bien. Le capitaine Primerose est muté à Lourdes. Je vais lui en foutre, moi, des révélations !

— Puis-je vous faire observer, monsieur le directeur, que le capitaine n'était pas en service quand il a remarqué le comportement étrange de celui qui était effectivement le tueur de travestis ?

C'était un horrible mensonge et nul, dans cette pièce, ne l'ignorait. Mais c'était aussi une sortie honorable pour le directeur. J'ajoutai un demi-mensonge :

— Nous ne sommes intervenus que pour l'arrestation. C'est du pain bénit.

Il soupira, troublé, et s'assit.

— Racontez-moi votre petit baratin, Padovani. Après tout, au point où nous en sommes...

*

Les trois ex-colonels, fascinés, regardaient le flot d'essence impétueux qui descendait la rue Houdon vers la place Pigalle.

Trente-deux mille litres !

Les caniveaux débordaient. Malgré la très forte

pente, les trois hommes savaient qu'ils risquaient gros : une flamme, voire une étincelle, et tout s'embrasait, le feu remontant vers la source.

Deux travestis avaient fui dans un hôtel de la rue Houdon, un micheton avait trouvé refuge sous un porche, un tenancier de café avait barricadé sa porte. Sans doute certains appelaient-ils les flics, mais ceux-là allaient prendre le temps de vaincre leur incrédulité.

Jumelles infrarouges aux yeux, Malinovski remarqua une certaine effervescence place Pigalle.

— Encore deux ou trois minutes et la cuve sera vide !... souffla Watban Kazar.

Malinovski hocha la tête, certain, à présent, de réussir. Mais moins sûr de ne pas y laisser sa peau.

*

Le directeur reprit sa série de va-et-vient, mains derrière le dos. Je ne l'avais pas convaincu.

— Mais enfin, Padovani, vous imaginez bien que le Président, mais aussi le ministre, surtout le ministre, n'en ont rien à foutre, du tueur de travelos. Au gouvernement, tout le monde s'en fout.

— Pourtant, monsieur le directeur, les travestis sont aussi des citoyens et surtout des êtres humains.

— Oh, pas de ça, Padovani : Sarkozy s'en fout aussi du discours de gauche. Il est vacciné.

— Sarkozy est peut-être vacciné contre le discours de gauche mais pour ce qui est de la connerie il a oublié la piqûre de rappel.

Il me jeta un regard désolé.

— Voilà, c'est à cause de ce genre de parole que vous n'êtes pas le patron de la Brigade criminelle.

Là, c'était trop.

— Non, j'ai refusé le poste. Et vous le savez.

Il se tourna vers Ulrike.

— Enfin, madame Treshckow, en tant que chef de la police criminelle de Berlin, vous ne pouvez pas ne pas me donner raison ?

Ulrike le regarda dans les yeux et dérailla un peu avec son français, comme toujours lorsqu'elle était en proie à un sentiment fort, l'amour autant que la colère.

— La formulation de votre question est tendancieuse car elle conditionne ma réponse à entrer dans votre logique. Moi, je vois deux choses qui sont excellentes pour vous.

— Lesquelles ?... demanda-t-il avec l'avidité d'un moustique apercevant la peau blanche d'une Hollandaise.

— Premièrement, vous allez rassurer la communauté gay qui est très active au niveau médiatique qui vous intéresse.

Il pensa à voix haute, en homme de progrès ouvert aux autres et pointilleux au niveau de la sémantique :

— C'est vrai qu'aujourd'hui, c'est pas mal d'avoir les pédés avec soi. Autre chose ?

— Oui, cette affaire-là, ce tueur de travestis, ça avait fait un certain bruit. Et c'est un succès vite obtenu. Vous cracheriez sur un succès ?

— Non, bien sûr. Cependant...

*

Le flot d'essence était tari.

Improvisant sous le coup d'une impulsion, Mahmoud Tabaqjili engagea en marche arrière le camion-citerne dans la rue en pente. Puis il desserra le frein à main, sauta du véhicule et rejoignit les autres en courant.

Watban Kazar sourit, sortit enfin son paquet de Winston, tira une bouffée voluptueuse de sa cigarette puis jeta son Zippo allumé trois mètres plus loin, dans une flaque d'essence.

Sans un regard en direction du déluge qu'ils venaient de déchaîner, les trois hommes coururent vers la Chrysler Seebring.

*

Le directeur en était au sermon.

— C'est bien compris, Padovani : l'enquête sur les terroristes, rien d'autre. Vous...

Il se tut brusquement. Simultanément, on entendit une série d'explosions en chaîne tandis qu'une immense lueur rouge embrasait la nuit, au nord de Paris.

Nous nous regardâmes tous les trois, stupéfaits. Puis les quatre lignes du bureau du directeur se mirent à sonner en même temps que mon portable et celui d'Ulrike.

Aucun d'entre nous n'osait bouger, paralysés par toutes ces sonneries. Et ce qu'elles représentaient.

Je réagis le premier. À l'autre bout du fil, Hautes-Études était très excité :

— Padovani, c'est un attentat à Pigalle. J'ai un pote là-bas, à la Goutte-d'Or, tu sais, Alamassourd, le type qui jouait au cow-boy en Seine-et-Marne ?

— Je me rappelle d'Alamassourd !... répondis-je patiemment en songeant à ce flic plus con que méchant qui, chaque dimanche, avec d'autres allumés, s'habillait en confédéré pour faire la guéguerre aux nordistes lors d'une improbable guerre de Sécession dans les champs de Seine-et-Marne.

Hautes-Études, qui comprend vite, reprit :

— T'as raison, on s'en fout. Mais on a du bol, il est en ce moment même de service là-bas, tout près de l'attentat. Alors voilà ce que j'ai rassemblé : place Pigalle, un énorme camion-citerne est en flammes. Il aurait dévalé la rue Houdon. Alamassourd parle d'une citerne d'une contenance de trente mille à quarante mille litres d'essence. Ça me paraît beaucoup, Florence fait une recherche sur Internet sur les sites des grandes compagnies pétrolières. Là où c'est vicieux, et ce qui fait penser à un attentat, c'est que le camion, du haut de la rue Houdon, c'est-à-dire aux Abbesses, aurait d'abord purgé l'essence de sa citerne. Tu piges ? L'essence ne pouvait que descendre vers Pigalle. Et ce qui se passe en ce moment c'est que, par les caniveaux, l'essence enflammée fout le feu à des centaines, des milliers de bagnoles en stationnement qui explosent et communiquent le feu partout, boutiques et immeubles compris.

— Quels ordres as-tu donnés ?

— Pour l'instant, j'ai battu le rappel : tout le monde à l'hôtel de police.

— Parfait ! Dès qu'ils sont tous place d'Italie, prenez deux voitures et foncez au métro Anvers. Il va y avoir un sacré bordel, cette nuit, à Paris, alors faites-vous précéder par une patrouilleuse et ouvrir la route par des motards. Mettez les sirènes et que nos gars sortent à moitié des voitures, le fusil anti-émeutes à la main.

— OK.

— À tout de suite, vieux.

Ulrike avait coupé son portable et me regardait avec consternation. Le directeur, lui, se débattait avec des explications fragmentaires et le plus souvent erronées. Il me fit pitié tandis qu'il s'énervait en engueulant je ne sais qui :

— Mais qu'est-ce que c'est que ces conneries ? Il n'y a aucune station essence place Pigalle...

Il me regarda. Je portai un peu la voix :

— Coupez tous les téléphones, je vous explique.

Ce qu'il fit. Puis il écouta avec résignation et, lorsque j'eus fini :

— Bon, c'est évident, je vais sauter. Vous aussi, Padovani, mais vous, on revient toujours vous chercher, alors que moi, ils vont me balancer contrôleur général à Aubenas ou Troyes. Oh ! merde, quelle scoumoune !

Dans ces cas-là, il faut une thérapie de choc. Je m'y employai.

— Préparez votre valise si vous voulez, monsieur le directeur, mais moi je me battrai jusqu'au bout. Et je n'ai pas l'habitude de perdre.

Il me regarda comme si j'étais la personnification d'un miracle, je ne sais pas, sainte Thérèse de Lisieux sortant du tombeau pour danser le mash potatoes, ou Notre-Dame de Fatima devenant goal au PSG. Il vint vers moi et prit mes mains dans les siennes. C'était assez collant, dans le genre contact désagréable. Puis il me confia :

— Jamais !... Vous n'avez jamais perdu !... Si vous étiez un cheval de course, on dirait que vous êtes « invaincu ». Et ça va pas commencer avec moi, hein ? Ça serait trop injuste, un machin pareil ?

— Ça dépend de vous...

— Mais qu'est-ce que je peux faire ?

— D'abord, on m'avait donné cinq jours : conservez-moi ça, je ne veux pas qu'on me dessaisisse de l'enquête...

— Je crois pouvoir y arriver.

— Bon, trois choses encore. Primo, faites front à tout le monde, télés, politiciens, journalistes. Arborez un air confiant, dites que ça progresse à pas de géant, sortez des conneries : pour une fois, je permets.

— Quoi d'autre ?...

— Agitez vos réseaux francs-macs et vos copains de l'UMP.

Il eut un haut-le-corps.

— Mais Padovani, la Maçonnerie...

Je le coupai :

— J'en ai rien à foutre que vous soyez franc-maçon, il y en a de remarquables, surtout chez les frangins de gauche. Il se trouve que je le sais, c'est tout.

Il percuta : Tonton est tout de même le conseiller à la sécurité du président de la République. Il est aussi, avec ses vingt-trois mille fiches, l'homme le mieux informé de France. Informé sur les dérives, les goûts, les habitudes, les vices de tout un tas de gens importants.

Je repris :

— Vous me remuez également tous vos potes perso et tous avec une seule consigne : faire courir le bruit, via les médias, que mon enquête est entravée par les Services spéciaux.

— Vous saviez ça ?... dit-il avec une rare candeur.

— Je sais qu'ils sont sur le coup. Je ne peux même pas dire qu'ils me gênent, mais on a tout à gagner à le laisser entendre... Il y a un troisième point.

— Lequel ?

— Je veux deux motards, là, tout de suite, pour m'ouvrir la route.

— Vous en aurez quatre.

Il les réclama par téléphone puis me regarda pensivement. J'en remis une couche :

— C'est lorsque tout le monde vous tourne le dos que vous savez que vous êtes battu, monsieur le directeur.

— Mais justement, Padovani : si on nous tourne le dos ?

— Eh bien, c'est plus facile pour botter les culs.

20

Lundi 4 novembre. Saint-Charles. Température : – 2 degrés. Demandeurs d'emplois : 2 371 504. Bourse : – 3,75. Grèves : peu suivies, sauf à la SNCF. Pas de nouveau préavis.

4e jour...

Il neigeait. Une véritable tempête. On voyait très nettement au loin les flammes de l'incendie qui ravageait le nord de Paris, projeter sur la ville des lueurs hallucinantes. On ne pouvait comparer cela qu'à une guerre et, au reste, c'en était une. Des sirènes retentissaient dans tous les coins. Des véhicules à gyrophare grillaient les feux rouges, comme nous le faisions nous-mêmes, à des vitesses folles, espérant de part et d'autre qu'il n'y aurait pas de collisions.

Je ne sais si c'est par effet de contraste avec l'extérieur, entre les flammes et la neige, mais nous étions bien dans la Triumph, comme si les tourments de l'espace avaient pour effet de nous perdre dans le temps...

Malgré les télés et les radios qui avaient toutes repris leurs programmes ou interrompu ceux en cours pour couvrir l'extraordinaire événement, les gens éprouvaient le besoin de descendre dans la rue, de se voir, se parler, se toucher ; et cela laisse à penser que toute trace d'humanité n'a pas totalement disparu dans cette ville.

Brisant la féerie, je rompis le silence :

— Tu sais, avec Lécussan...

— Eh bien ?

— Il y avait une part de compassion pour ce jeune homme qui se noie, j'en suis certain, pourtant, ce n'était pas exempt de calcul. Quand je lui massais les épaules, c'était habile mais malsain. Je savais d'instinct qu'en m'y prenant comme ça j'obtiendrais ce que je voulais.

— Et alors ?... Sans cette manœuvre de ta part, il aurait avoué à l'aube, ou demain. Tu as fait marquer sur le PV « aveux spontanés ». Tu sais que c'est faux, mais que le tribunal, y compris les parties civiles, respectent ça. Alors ?

— Alors rien. Je commence à avoir faim, moi !

— Pourquoi tu sautes toujours depuis un coq sur un âne ?

— Calme-toi, Gretchen, c'est « du coq à l'âne », pas du haut d'un coq sur le dos d'un âne. C'est la langue française, pas une discipline olympique.

— C'est compliqué.

— T'es née à Berlin ?

— Oui.

— Donc, tu es prussienne ?

— Oui, pourquoi ?

— Tu serais sûrement ravissante toute nue avec tes nattes et un casque à pointe.

— Ça t'exciterait ?

— Je crois bien, oui. C'est l'idée que si tu n'es pas performant, la nana te met un coup de boule avec la pointe du casque qui te traverse le cœur... C'est un adjuvant. Enfin, un stimulant.

Elle me regarda gravement.

— T'aimerais que ce soit une femme qui te tue ?

Je n'hésitai pas :

— Franchement, oui.

Les gens, sur les trottoirs, tournaient la tête vers nous. Le côté insolite, sans doute : le plus grand incendie de Paris depuis la Commune et, tout droit sortie d'un film des sixties, cette voiture de sport anglaise précédée de deux motards et suivie de deux autres soufflant dans leur sifflet.

Ulrike se pencha en avant, observant sur le pare-brise la neige que les essuie-glaces chassaient énergiquement.

— C'est très romantique...

— N'exagérons rien, c'est une Triumph, pas le traîneau du docteur Jivago.

Nous déboulâmes au métro Anvers où attendaient trois véhicules de chez nous avec, dans les deux derniers, mon équipe au grand complet.

Un pompier arriva et distribua des cagoules blanches, des casques, des vestes en cuir, des lunettes spéciales, tout l'équipement adéquat pour s'approcher de l'incendie.

Hautes-Études désigna un flic en uniforme pour garder les bagnoles puis il me signala quelques pompiers qui attendaient.

— Ils vont nous approcher le plus près possible.

*

C'était dantesque. Je n'avais jamais vu une chose pareille et ne pensais pas devoir contempler un jour semblables destructions.

Des incendies de forêt formidables qui ravagent des milliers d'hectares, d'accord, mais Paris livré aux flammes, cela...

Nous étions obligés de hurler pour nous entendre. L'officier des pompiers avait beau me gueuler dans l'oreille, j'eus d'abord l'impression qu'il me parlait en espéranto ou en moldave sans sous-titres avant de finir par saisir un mot sur deux. Au reste, c'était plutôt le genre officier de presse. Il m'assura que les effectifs de toutes les casernes de la région francilienne convergeaient vers Paris et combattaient l'incendie sitôt arrivés.

Ils attaquaient le feu de tous les côtés à la fois, tentant de l'encercler. Faute de sable, idéal contre les hydrocarbures, des ouvriers municipaux courageux ouvraient les robinets des caniveaux et dérivaient la flotte vers les flammes à l'aide de barrages constitués de sacs. Des habitants par milliers balançaient des seaux d'eau depuis les étages. Préventivement, les concierges alimentaient les tuyaux d'eau des cours et arrosaient façades et trottoirs. La ville ou, plutôt, les plus modestes de ses habitants se battaient comme des chiens pour sauver un Paris populaire que la bourgeoisie continue d'exiler vers les banlieues.

À travers les lunettes embuées par la sueur que provoquait la chaleur, les yeux étaient blessés par les centaines de lueurs de gyrophares, les oreilles agressées par les cris, les milliers de sirènes et les pales des hélicoptères de plus en plus nombreux sur zone.

Déjà, dans sa pointe située la plus au sud, là où les pompiers cognaient le plus fort, l'incendie était circonscrit. Pareillement, et assez curieusement, ils étaient venus à bout des flammes dans la très pentue rue Houdon, la première à brûler, mais la chose s'expliquait par le fait qu'aucun véhicule ne stationnait dans cette rue assez étroite où l'essence n'avait pas stagné.

L'horreur, c'était la place Pigalle et surtout les rues adjacentes. Gravement touché également, le boulevard de Clichy, à droite comme à gauche de la place, ce même boulevard sur lequel nous tentions de progresser. Là comme ailleurs, le feu s'était propagé aux immeubles.

Mon job me faisait un devoir de ne me laisser distraire par rien. Pour ce qu'on en savait, le camion avait vidé sa citerne depuis l'intersection des rues des Abbesses et Houdon et c'est de là qu'il fallait partir. Je fis rappliquer tous les effectifs de police judiciaire possibles et ordonnai l'interrogatoire des habitants, immeuble par immeuble, palier par palier. Si le commando avait opéré à cet endroit, ces types avaient forcément procédé à des repérages. Et là...

Les renforts de police ne traînaient pas malgré l'obligation de décrire des boucles par l'est et par l'ouest pour arriver à ce foutu carrefour.

Mais, avant de les rejoindre, il me fallait m'avancer davantage encore avec la première vague de pompiers pour comprendre la genèse de l'attentat.

*

— Tu m'attendais pas, hein, tu m'attendais plus ?... Tu me croyais crevé comme un rat au fond d'une geôle irakienne, transformé en un petit tas d'os dans les jardins parfumés de Saddam Hussein ?... C'est ce que tu croyais, n'est-ce pas ?

Gilles Lemoine, ancien patron des Services spéciaux, ne manquait pas de cran.

Jusqu'ici, il n'avait pas prononcé un mot, se contentant d'obéir aux ordres, et quels ordres, sans rien manifester.

Le commando l'avait surpris au lit, paisiblement endormi. Et obligé d'y demeurer sagement allongé, mains croisées sur le ventre, tandis qu'on emmenait sa femme à la cuisine. Puis, la tenant par les cheveux, on lui avait ramené la tête coupée de son épouse. La lui ayant posée sur l'estomac, on lui avait ordonné de mettre ses mains sur le crâne. « Comme si c'était un ballon de foot », lui avait-on obligeamment expliqué.

Malinovski, qui menait le commando de tueurs, n'était pas réellement surpris par l'endurance de Lemoine. On les formait ainsi, et lui-même avait subi un très dur entraînement. Voilà, on est soi, torturé, mis au supplice, et puis en même temps on est un autre. Un autre qui regarde tout cela froidement, en technicien qui suppute ses chances.

Avec une petite cuillère, Malinovski fit sauter l'œil gauche de la tête coupée, le prit dans sa main, le soupesa, puis, d'un ton très objectif :

— J'ignorais que ta femme avait les yeux bleus. C'est un très joli bleu, d'ailleurs.

Lemoine ne quittait pas Malinovski du regard. Le colonel sourit.

— Le duel des regards, quel jeu de cons, mon pauvre vieux. J'ai un moyen de te faire baisser les yeux : je te les arrache. Et puis pfut, comme pour une blatte...

Il jeta l'œil bleu sur le sol et écrasa la substance gélatineuse du talon de son ranger.

Puis Malinovski reporta son attention sur Lemoine.

— Tu étais fatalement dans le coup pour ma femme et ma gosse. Voilà, il faut t'acquitter de tes dettes comme un vrai chef barbouze, avec dignité.

Lemoine savait qu'il allait mourir. Depuis quelque temps, il ressentait un malaise. Il n'avait pas pensé à Malinovski — très fort, ce salaud ! — mais il sentait qu'il allait, selon son expression, « y avoir droit ». Trop de faits convergents, trop de gens qu'il connaissait assassinés ces derniers jours.

— Alors, pas un mot ?... insista Malinovski.

Lemoine, jusqu'ici totalement inexpressif, eut un léger sourire. Et Malinovski comprit, mais quelques secondes trop tard.

Il s'en voulut en voyant le corps de Lemoine se tordre, une mousse blanche sortant de sa bouche. Puis une mort foudroyante. Et la tête de l'épouse qui, lâchée, roula sur la moquette.

— Il vous a eus !... lança Mahmoud Tabaqjili du ton du constat sans passion.

— Je crois bien que oui... Une dent creuse. Dix minutes qu'il travaillait le léger plombage avec sa langue. C'était un bon professionnel, tout de même.

— Qu'est-ce qu'on fait, maintenant ?... demanda Watban Kazar frustré des supplices atroces qu'il escomptait pour l'ancien patron des Services spéciaux.

Malinovski haussa les épaules.

— Soyons sobres : on flambe la baraque.

21

Cette fois, les mots me manquaient. Toute la place Pigalle cramait. Le camion qui, depuis la rue des Abbesses, avait dégringolé à peu près en ligne droite — parfois renvoyé d'un mur à l'autre — la rue Houdon s'était fracassé dans la partie sud de la place, la cabine se séparant de la citerne.

Pour ce que je croyais en voir, la cabine avait fait un tout droit jusqu'aux Folies Pigalle tandis qu'une partie de l'essence descendait la rue Duperré, que le café Omnibus flambait ainsi que la boutique qui lui était accolée, à l'enseigne Les Artistes, spécialisée dans la lingerie cuir et latex.

La remorque, elle, avec ses tonnes de ferraille, avait à demi disparu à l'intérieur du peep show situé au coin de la rue Pigalle. Je n'osais imaginer ce qu'il restait des filles nues et des spectateurs. La Brasserie Belge, qui lui était contiguë, brûlait elle aussi et sur tout ce demi-cercle méridional de la place le feu montait dans les étages. La rue Frochot brûlait également.

Dans la partie nord de la place, de l'essence avait coulé par les marches à l'intérieur de la station de métro qui ressemblait à une bouche de Moloch crachant des flammes atteignant une hauteur de plusieurs étages.

Sans doute neigeait-il encore, mais la chaleur faisait fondre les flocons et les vaporisait bien avant qu'ils n'arrivent sur le sol.

Impossible d'appeler Francine au milieu de tout ce tintouin. Je composai rapidement un texto : « Toujours vivant. Nuit blanche en vue. Préfère que les garçons ne sortent pas ce soir dans Paris. J'appelle ultérieurement. Kisses à tous les trois, caresse au chien. »

Je rassemblai mon équipe et leur signifiai par geste qu'on se repliait.

Pour aller voir de plus près ce qu'il restait du camion, il faudrait encore attendre.

*

Rude transhumance, il valait mieux renoncer aux bagnoles.

Nous grimpâmes donc jusqu'à la rue des Abbesses pour tomber sur un jeune officier de police qui se tenait devant l'immeuble faisant le coin entre le 7 de la rue des Abbesses et le numéro 25 de la rue Houdon. Il me reconnut.

— Il y a un problème, monsieur le divisionnaire. Deux femmes manquent à l'appel. Chez l'une, porte ouverte, c'est désert. Chez l'autre, dernier étage, c'est verrouillé. D'après le concierge, quelque chose cloche.

Nous grimpâmes de nouveau, ce dont j'ai horreur, pour arriver devant ce qu'on nous disait être un vaste studio sous les toits.

Une fois là-haut, le Duck ôta son sac à dos et inspecta la porte d'un regard critique, vaguement dégoûté. Puis :

— Théoriquement, l'ouverture de la porte déconnecte le système d'alarme. Ça paraît dérisoire, dans ce contexte.

Il se prépara à attaquer la porte, le genre blindée à cinq ancrages. Pinces, parapluies, rossignols, forceurs, rien ne l'inspirait visiblement.

Puis, se tournant vers moi :

— On n'est plus à une sirène près, patron ?

— Non.

— Alors je joue le chambranle et j'y vais au cric hydraulique.

La porte rendit salement l'âme, mais il n'y eut pas d'oraison, juste le bruit des gants en plastique que nous enfilions.

Il y avait deux cadavres. Des clientes pour nous, je le compris au premier coup d'œil. D'aucuns s'étonneront : pourquoi privilégier ces deux cadavres alors que dans l'enfer de Pigalle, dans les appartements en flammes, les rues où même les arbres brûlaient, les véhicules incendiés, il s'en trouvait peut-être des centaines ?

De fait...

Mais ces deux femmes, outre qu'elles intéressaient l'enquête, s'inscrivaient directement dans la tradition de la Criminelle. Il me vint à l'esprit une phrase de Staline qui disait à peu près ceci : « Un piéton tué, c'est une tragédie ; un million de morts, c'est une statistique. »

Florence interrompit mes réflexions :

— Monsieur le divisionnaire, j'ai pensé que ça pourrait peut-être vous amuser...

La petite avait l'air d'en connaître une bien bonne : pourquoi pas ?

— Allez-y, Miss.

— Étant donné qu'on commence à parler d'une possible corrélation avec la première guerre du Golfe, une délégation de parlementaires socialistes a demandé au gouvernement l'envoi d'un escadron de gendarmerie pour veiller sur la tombe de Mitterrand.

— C'est en effet une utilisation judicieuse des forces de maintien de l'ordre en période de pénurie d'effectifs. N'oubliez jamais ça, Florence : ils sont encore plus cons qu'ils en ont l'air.

Je jetai un coup d'œil à mon équipe. Ils étaient tous là, sauf Brégégère, ce que me confirma Primerose :

— Il s'est esquivé boulevard de Clichy. Pour lui, la planète pourrait cramer, il ne verrait encore et toujours que son affaire de pédophile.

Hautes-Études s'était approché.

— On me demande d'urgence aux Armées, tu préfères que je reste ?

— C'est important ?

— Tu les connais, « Secret Défense ».

— Alors va vite.

Ulrike, qui parlait à voix basse avec la concierge, vint vers moi :

— La belle brune, c'est une prostituée qui habite en dessous. La Japonaise, c'est une artiste peintre. Elles étaient voisines et assez amies.

Les deux femmes étaient couchées sur le lit, la prostituée sur le ventre, la Japonaise sur le dos.

Je m'approchai tandis que Florence sortait son bloc. Puis je soulevai doucement la tête de la Japonaise et dégrafai son jeans :

— Cadavre d'Asiatique, vingt-cinq à trente ans. Arme utilisée, sans doute une pointe fine et circulaire, peut-être une lime à métaux en raison de la solidité des alliages. Le coup a été porté de bas en haut, d'un geste précis. Il a traversé la carotide. Orifice de sortie dans la nuque. Pas de violence sexuelle, semble-t-il.

Je contournai le lit et m'assis près de l'autre corps, celui d'une très jolie jeune femme. Elle portait un tee-shirt et une mini-jupe. J'observai le cou, le visage, puis soulevai la jupette, baissai le collant noir et le string.

— Race blanche. Environ vingt-cinq ans. On remarque des lésions au cou, à la face et aux yeux qui proviennent d'une strangulation, sans doute avec une fine cordelette de coton tressé, le nylon aurait davantage abîmé les tissus lésés. Fracture probable des vertèbres supérieures. La victime a eu des rapports sexuels peu avant sa mort. Sodomie. Sans doute un viol. Traces de violence et de déchirure anale, légère hémorragie, peut-être présence de sperme. Ecchymoses sur les fesses.

Je rabattis la jupe, ôtai les gants que je jetai sur la table de nuit, me levai sans ajouter un mot, m'approchai de la fenêtre et l'ouvris.

Le point de vue était idéal, vision dégagée sur l'intersection des rues Houdon et des Abbesses. J'avais une quasi-certitude : c'est ici qu'ils avaient monté leur coup dégueulasse.

J'observai quelques toiles entassées dans un angle de la pièce et celle posée sur un joli petit chevalet, peut-être en citronnier. Elles représentaient des objets de bistrot, de cuisine, du mobilier urbain ancien. Travail à la fois rigoureux et d'une réelle puissance évocatrice, il s'agissait de compositions sensibles volontairement pauvres en couleurs mais qui donnaient la forte impression d'une réalité cernée sous toutes ses faces.

Je me tournai vers Primerose.

— Préviens l'Identité judiciaire et le légiste, si on en dégotte un, ce qui m'étonnerait.

Il me jeta un regard découragé. On ne trouverait rien de tout cela avant des heures et des heures. Les téléphones allaient sonner dans des bureaux vides. Et puis, au milieu de l'hécatombe, ces deux jeunes femmes mortes pouvaient sembler de peu d'importance.

J'eus un geste impatient.

— Allez, exécution : pour nous, ça continue coûte que coûte. C'est comme ça, vieux, sinon, plus rien ne tiendra debout.

Au moment de redescendre, le Duck m'informa de la mort de l'ex-grand patron des Services spéciaux. J'allais lui demander de prévenir Hautes-Études, les Armées n'étant pas sans rapports avec les Services, mais il me devança en m'assurant qu'il venait de le faire.

Sacrée bonne équipe que la mienne ! Il en faut, du temps et de l'intelligence pour parvenir à semblable osmose.

Nous redescendîmes vers la place Pigalle. Une multitude de pompiers s'activaient, des dizaines de lances croisaient leurs jets d'eau à hauteur des étages, comme jadis lorsque les remorqueurs accueillaient le *Normandie* ou le *Queen-Mary* dans le port de New York.

L'avancée s'était faite au détriment des petites rues où des immeubles flambaient par pâtés de maisons mais sur la place le feu avait été terrassé. Le macadam fumait, dégageant de la vapeur d'eau. Ailleurs, il y avait deux centimètres de flotte par endroits et je n'osai songer à l'état de mes mocassins Sebago tout neufs. On voyait les dizaines de lueurs bleutées ou jaune vif des Goldoraks et des gyrophares. Des centaines d'alarmes hurlaient dans l'indifférence générale et ce bruit sourd, presque saccadé, de toute une noria d'hélicoptères qui se gênaient les uns les autres sans être très utiles. L'ambiance des grandes catastrophes nationales.

Accompagné de l'officier de presse des pompiers, je passai à côté d'un car de touristes calcinés. Il précisa :

— Des Coréens. Rien que là-dedans on a une cinquantaine de cadavres. On n'a pas eu le temps d'y toucher, on commence tout juste...

Des techniciens descendaient des petits sacs-poubelle. Les crânes leur donnaient un arrondi caractéristique.

— Je veux voir le camion et sa remorque.

— Suivez-moi, monsieur le divisionnaire.

Sous la violence du choc, la cabine du camion avait presque rebondi à l'extérieur des Folies Pigalle et se trouvait à demi engagée sur le trottoir.

Malgré les tonnes d'eau déversées sur lui, l'acier du camion avait pris une teinte rougeâtre, celle du métal surpris par l'eau au moment où il est porté au rouge par la chaleur. Rien, il ne restait rien qui puisse fournir un indice.

— C'est un Renault G 290 4 × 2 Diesel. Il tractait une citerne de trente-deux mille litres, monsieur le divisionnaire.

Je ne répondis pas mais désignai un pompier.

— Il peut me prêter sa barre à mine, celui-là ?

J'ôtai ma veste, malgré le froid. C'est con, mais c'est une veste Cerruti impeccablement coupée. L'officier dut comprendre mon embarras, il la reçut comme si c'était le saint sacrement.

Aidés du Duck, nous inspectâmes le moteur et la carrosserie. Je communiquai à Florence, qui notait toujours, les numéros de moteur et de châssis.

Puis je remis ma veste et, avec un geste vers l'intérieur des Folies Pigalle :

— Là-dedans ?

— Des cadavres.

— Voyons la remorque.

Suivi de mon staff, je traversai la rue Pigalle. Nous évitâmes de justesse des volets de fer qui dégringolaient d'un immeuble en flammes et s'écrasèrent sur la chaussée, au milieu de centaines d'autres débris.

Un hélicoptère bombardier d'eau lâcha ses huit cents litres de flotte à proximité et, trempé, je dis adieu à ce qu'il restait de mon costume Cerruti.

La citerne avait pénétré à l'intérieur d'un peep show. Sous l'effet de la chaleur, et peut-être du choc, la citerne mastodonte était par endroits gondolée.

À l'intérieur, tout était cramé. Les mateurs dans leur cabine, les filles nues sur la petite scène. Il ne restait de ces gens que des taches noirâtres d'où émergeaient des crânes brunis.

Le pompier précisa :

— Ici, ce sera délicat. Ça a tellement brûlé et atteint une telle température que, lorsqu'on saisit les crânes, ils tombent en poussière. Vous aurez de gros problèmes, certaines identifications seront très délicates, voire impossibles.

Je hochai vaguement la tête et sortis.

Dehors, un autre officier des pompiers, un peu gêné, me montra un groupe de trois flicards en uniforme.

— Excusez-moi, monsieur le divisionnaire... Nous aussi on essaye de se préserver de ces horreurs en renforçant la carapace par un peu d'humour, mais là, vos flics exagèrent.

Je lui jetai un regard froid puis observai les trois flicards.

— Ces types ne sont pas mes flics, je suis de la Brigade criminelle.

— Je sais, monsieur, mais...

Il n'acheva jamais sa phrase, on venait le chercher : un immeuble était en train de s'effondrer rue Frochot.

Sur le boulevard, je m'approchai des trois flics entourant une voiture brûlée. On pouvait tout de même reconnaître la forme d'une Jaguar.

Je ne cherchai pas même à discuter, dispersant la poulaille rigolarde d'un geste et de deux mots :

— Cassez-vous !

Sourires figés et talons joints, ils saluèrent et s'éloignèrent assez vite.

Je me penchai vers l'intérieur. Un squelette noirci était au volant, très droit. Un autre avait le crâne au niveau de ce qui avait été l'entrejambe du conducteur. L'essence enflammée avait dû les asphyxier en deux ou trois secondes, les surprenant dans cette position. L'homme et la femme étaient morts ainsi, pendant une fellation.

Ulrike observa la scène, ainsi que le reste de l'équipe.

— Pipe tragique à Pigalle : deux morts !... remarqua le Duck sans provoquer de réactions, tant ce spectacle était poignant.

La terreur et la pitié, les deux ressorts fondamentaux de la tragédie, selon Aristote...

Je me tournai vers mon team.

— Voilà le plan : une demi-heure pour rentrer chez vous. Deux heures de sommeil. Une demi-heure pour le retour. Dans trois heures, rendez-vous au bureau, salle des briefings. Ceux qui sont trop claqués peuvent dormir à l'hôtel. Faites des notes de frais, pas la peine d'épuiser la caisse noire avec des trucs remboursables.

Renvoyant les motards à des tâches plus utiles, je ramenai Ulrike en TR4. Il ne neigeait plus. Sortis du périmètre de l'incendie, les trottoirs étaient tout blancs, couverts d'une neige légère, duveteuse, dont un petit vent du nord sec et froid soulevait les crêtes.

— Belle mort, le couple dans la Jaguar !... lançai-je d'une voix enrouée par les cigarettes et la fatigue.

— Belle ?

— Je crois qu'à chaque fois que je côtoie la mort j'ai envie de faire l'amour. Affirmation de l'existence en raison de la vieille dialectique fatale : l'homme est mortel, Padovani est un homme : donc Padovani est mortel.

— Ah, la dialectique...

Je souris en songeant à mes lointaines lectures marxistes.

— D'où vient l'œuf ?... De la poule !... D'accord, mais d'où vient la poule ?... De l'œuf !... Le poussin est une affirmation de la négation de l'œuf mais la poule est une négation du poussin, ce qui en fait une négation de la négation et élimine la raison de la contradiction. C'est la même chose avec le prolétariat et la bourgeoisie.

— Padovani, tu crois ?... Si tôt le matin ?

La TR4 est survireuse, j'en abusai sur cette chaussée glissante. C'était excitant de redresser sans cesse au ras des pâquerettes.

Ulrike posa sa tête sur mes cuisses, comme le couple dans la Jaguar. Je savais que cela n'irait pas plus loin. Nous sublimions. Au pis, nous mimions. Et cela aussi était très excitant.

22

Les linéaments des tours de Notre-Dame se découpaient dans l'aube froide.

J'étais passé prendre Ulrike devant chez elle, L'Étoile d'Or n'ayant pas achevé les travaux de réparation consécutifs à l'attentat qui nous avait visés tous les deux.

Disposant d'un petit quart d'heure d'avance, j'avais emmené la chef de la police criminelle de Berlin boire un café en haut de la rue Gay-Lussac où m'attendait un de mes meilleurs indics. Le type, un Saoudien, ne pouvait que confirmer ce que nous pensions : le coup trouvait son origine du côté du Moyen-Orient. Point barre.

Ulrike et moi, sans nous être consultés, avions semblablement réagi aux événements. Elle était impeccable, maquillage soigné, cheveux propres et admirablement coiffés, petit tailleur marine élégantissime. Pour ma part, j'étais lavé, rasé, after-shavé, costume Lanvin sans un pli. Dans cette atmosphère de défaite où nous pataugions, il importait davantage encore que d'habitude de bannir tout signe de laisser-aller.

Dans la presse achetée par Ulrike, nous nous faisions massacrer. Il se trouvait même un grand quotidien pour nous reprocher de conserver des effectifs occupés à « persécuter le peuple corse » au lieu de rapatrier nos flics sur le continent... Un autre quotidien me consacrait un encadré virulent signé par un trou du cul qui prétendait que je ne renouvelais pas mes méthodes. Étant entendu que nous sommes par la force des choses réactifs, et donc obligés d'improviser en permanence, on voit la profondeur de l'argument. À l'occasion, je me promettais de prendre ce type dans un petit coin pour lui expliquer vivement le métier. Enfin, un hebdo pour salon de dentiste avec choc des photos et lourdeur des mots ne ratait pas le titre, hilarant, mais sans second degré : « Que fait la police ? »

On se le demande, ma biche !

Je conduisis vite, comme d'habitude, ignorant les engueulades des autres conducteurs. Ulrike continua à me faire la lecture. J'appris ainsi que, compte tenu de l'attentat du RER et de l'incendie de Pigalle, le lendemain serait décrété « jour de deuil national ». Ailleurs, la déconnade prenait de l'ampleur. Ainsi, les nullités de la chansonnette française rayon variétés hideuses exigeaient l'organisation d'un grand concert à la Bastille en signe de protestation contre le terrorisme. D'autres cons, à la Mairie de Paris et du côté d'un ancien ministre de la Culture qu'on ne devrait plus oser sortir en public, appuyaient cette idée, cette « réponse citoyenne et conviviale bien dans l'esprit de Mai ». C'était trop fort, ça : on avait fait Mai 68 entre autres choses contre des charognes telles que toi, sale enfoiré !

Leur truc, c'était vraiment la bonne idée : des rassemblements de foules alors que les terroristes étaient en quête de coups spectaculaires accumulant le plus grand nombre possible de victimes et la plus impressionnante des boucheries. On sent tout de suite qu'on peut faire confiance à certains hommes politiques et à leur sens des responsabilités. Tant qu'on y était, on pouvait aussi rouvrir Paris-Plage en plein mois de novembre : le sable, c'est bien pour absorber le sang.

— Ça insécurise !... lança Ulrike en technicienne de la police.

— Oh ! même plus. Le problème de l'administration française est simple : il faut faire son boulot le mieux possible et empêcher les politiques ignorants de saloper le susdit boulot. Et c'est payé pareil. Mais bon, c'est dans l'intérêt du public, des gens...

Comme pour me donner raison, j'appris par mon portable que j'étais convoqué au ministère pour une « réunion de la plus haute importance ». Je savais, toujours par mon portable, que Hautes-Études m'attendait pour me communiquer des informations capitales, que Brégégère d'habitude si réservé piaffait d'impatience de me rencontrer, mais non, il fallait que j'étire mon maigre temps pour des réunions débiles. Comme disait l'autre : « Mon Dieu, gardez-moi de mes amis ; mes ennemis, je m'en charge. »

Je déposai Ulrike place d'Italie sans même descendre de la Triumph et fonçai vers le ministère.

Il s'agissait en fait d'une réunion de travail avec les Fantomas de la célèbre DNAT[1]. Pendant deux heures et demie qui m'eurent été précieuses employées à autre chose, nous établîmes une connivence tacite. C'est-à-dire qu'ils s'efforcèrent de me

1. Direction nationale antiterroriste.

cacher soigneusement ce qu'ils savaient tandis que je ne leur livrais pas un mot sur l'état d'avancement de mon enquête. Tout cela avec des sourires, des « Mon cher ami », des promesses de se revoir : un téléphone et une bouffe.

Le chef de cabinet, à l'origine de cette grotesque réunion, la qualifia de « fructueuse, riche d'enseignements et très encourageante ».

On ne doit pas venir du même astéroïde, lui et moi !

Fou de rage, je demandai deux motards pour m'ouvrir la route et me remis au volant. Il était presque 11 heures lorsque la TR4 s'engouffra dans le parking de l'hôtel de police de la place d'Italie. J'en oubliai même, fait rarissime, de rendre son salut au factionnaire.

À peine avais-je atteint mon bureau dans l'espoir de faire du « vrai travail » que ce fut le branle-bas de combat : le directeur de cabinet et son adjoint, notre propre directeur, deux contrôleurs généraux, des conseillers techniques de haut vol recrutés chez les sous-préfets et les administrateurs civils, le directeur de l'Institut des hautes études de la sécurité publique, le chef du bureau du chiffre, le directeur de la logistique de la police, le patron des Renseignements généraux, l'inspecteur général en charge du service central de la police de l'air et des frontières, d'autres encore : il aurait fallu rien moins qu'une compagnie de CRS pour refouler tout ce beau monde.

Ils étaient souriants, en bons courtisans qui savaient que pour l'instant, même si mon capital était ébréché, j'avais toujours la cote. Et que les espoirs du gouvernement reposaient sur moi.

Ils me prièrent, ainsi que mon équipe, de gagner la salle de briefing.

Je n'étais pas au bout de mes surprises.

*

Le lieutenant-colonel Jean-Michel Méningaud, entièrement nu, regarda à travers le hublot de la petite pièce blindée les dizaines de milliers d'insectes. Il pensa qu'il fallait du temps et de l'argent pour réunir pareille colonie.

Puis il tourna un regard incrédule vers les trois ex-colonels qui le tenaient en joue avec de courts pistolets-mitrailleurs, des PA3-DM argentins tirant du 9 mm parabellum.

Il ne comprenait pas.

C'était compter sans les qualités de pédagogue de Klement Malinovski.

— Oui oui, nous savons, tu ne comprends pas, tu ne sais rien, tu n'as rien entendu... Toi, tu étais juste attaché militaire à Bagdad pendant la première guerre du Golfe. Moi, je t'avais vu, mais pas toi. C'est sans importance. Dis-moi, l'ami bidasse, te souviens-tu d'un très vieux dossier tout couvert de poussière et de sang séché, le « dossier Malinovski » ?... Ah, tu pâlis ! Besoin de vitamines ?...

Watban Kazar expédia deux gifles magistrales à l'officier qui faillit tomber.

Malinovski reprit d'un ton badin :

— Ce que tu as fait, c'était vraiment très mal. Toi qu'on dit catholique pratiquant, si si, j'ai étudié ton dossier !... Abandonner ainsi un camarade, un compatriote, un officier supérieur français aux mains de l'ennemi ! L'ignorer et en plus, ah ! quel toupet, massacrer sa famille...

La voix se durcit :

— Eh bien, tu vas payer !

Méningaud allait protester lorsqu'une première balle explosa son genou droit et une autre son genou gauche. Puis Watban Kazar lui coupa les deux mains à la machette tandis que Tabaqjili lui cassait la colonne vertébrale à coups de barre de fer. Enfin, on lui versa sur le corps le contenu de deux seaux de miel. Alors, alors seulement, tandis que ses jambes étaient mortes, ses mains coupées et qu'il se trouvait paralysé par sa colonne vertébrale cassée, on le traîna dans la petite pièce au hublot. Puis on referma la porte sur lui.

Les trois colonels regardèrent avec une curiosité presque enfantine cet étonnant spectacle d'un homme dévoré vif par des milliers de fourmis rouges. C'était fascinant, extraordinaire de rapidité...

Quelques heures plus tard, un motard coiffé d'un intégral jetait un carton aux pieds d'une sentinelle en faction devant le ministère de la Défense. Les hommes du service de déminage, aussitôt prévenus, furent surpris de découvrir dans le carton un squelette étonnamment blanchi, les os bien empilés les uns sur les autres. On pensa un instant à une plaisanterie mais on découvrit au fond du carton une carte d'identité militaire.

Prévenu en mon absence pour cause de réunion inutile, Hautes-Études, mon adjoint, réagit avec célérité en joignant le dentiste de la victime. Confirmation immédiate : le squelette était celui de Jean-Michel Méningaud, ancien attaché militaire à Bagdad.

*

On nous fit aligner dos au mur, comme des suspects. Tous les six : Hautes-Études, le Duck, Florence, Brégégère, Primerose et moi-même. Ce que voyant, Ulrike, choquée, se joignit à nous avec une infinie élégance. Quatre commissaires, deux capitaines et un lieutenant de police contre un mur pour une rafle improvisée, excusez du peu.

Puis il entra.

Il était encore plus petit qu'à la télé.

Le ministre eut l'air d'enregistrer notre fatigue, les yeux injectés de sang, certains visages mal rasés, des costumes froissés et, chez les deux femmes, ces maquillages un peu plus chargés que d'habitude pour masquer les ravages du manque de sommeil, du stress, de l'épuisement nerveux.

Prenant son temps, il nous serra la main à chacun, et je ne vois pas comment nous aurions pu nous dérober bien que personne, ici, n'ait voté pour lui ni pour son parti.

Quand ce fut mon tour, et bien qu'il connaisse sans aucun doute mon dossier, je lus dans ses yeux un mélange de tristesse et de fierté. Je lus d'autres choses encore : voilà cette bande chancelante, ces visages blafards, ceux-là mêmes qui portent les espoirs de millions de femmes et d'hommes afin qu'il soit mis un terme au carnage. Eux ont donné mille gages à la République de leur fidélité et de leur savoir-faire. En vingt ans, la sélection avait été impitoyable : pour un qui demeurait, trois étaient tombés. Ils appellent ça « la sélection par le feu » et ajoutent que c'est le prix à payer pour former des élites.

Sauf qu'on peut payer à tout instant...

Il s'adressa à moi :

— Je suis fier de vous, commissaire Padovani, et de votre équipe. Je n'aurai pas l'impolitesse de vous demander de faire le maximum, votre fatigue l'atteste. Merci.

Très adroit, le petit discours.

Il baisa la main d'Ulrike et, un peu cérémonieux :

— Madame la chef de la police criminelle de Berlin, à vous aussi : merci. J'ai joint mon homologue allemand pour le remercier de votre dévouement, au nom du peuple français, du chef de l'État, du Premier ministre et en mon nom.

Pfut, il était parti avec toute sa cour.

Nous nous retrouvâmes entre nous. Un peu embarrassés.

Le Duck résuma les choses avec une de ces formules expéditives dont il est coutumier :

— C'est comme après une baise que tu comprends pas bien, t'es gêné et tu te demandes si ça s'est vraiment passé...

*

Il neigeait de nouveau.

J'organisai une petite réunion afin que tous profitent de ce que Hautes-Études considérait comme une avancée de taille.

Il me fallut faire patienter Brégégère qui ne tenait plus en place, lui promettant qu'il parlerait en second.

Florence, toujours efficace, glissa deux notes devant moi et s'assit à son tour. J'en pris rapidement connaissance. La première note émanait de l'ambassade du Japon, réclamant davantage de précisions sur la mort de sa ressortissante, la jeune artiste peintre de la rue Houdon. Je fis passer, après avoir griffonné « stand by ».

C'était curieux, mais j'avais déjà pensé plusieurs fois à elle en voyant des choses dans Paris, en me demandant comment elle aurait réagi du point de vue artistique. Pauvre petite geisha de gouttière...

La seconde note était la réponse à une question que j'avais posée concernant les vols d'explosifs en France depuis cinq ans.

La réponse était si hallucinante, la quantité si impressionnante que je déchirai la note. Croisant le regard de Florence, je passai un doigt parallèlement à ma bouche. Elle hocha la tête.

Je commençai, un peu sèchement :

— Nous allons entendre Hautes-Études et Brégégère. Des questions préalables ?

Ulrike, un peu formaliste, joua à fond le côté « réunionnite » caractéristique de notre triste époque de bavards.

— Padovani, puisque tu me fais l'honneur de me faire lire tes rapports destinés à votre hiérarchie, j'avoue que je les trouve toujours un peu en retrait de la réalité.

Je chassai un passager embarras.

— Dans la police française, il est une vieille tradition que pour ma part je trouve excellente : un flic écrit moins qu'il ne dit et dit moins qu'il ne sait.

Il y eut des sourires...

23

Hautes-Études attaqua bille en tête :

— Ça pourrait ressembler à un jeu, à une sorte de grille où l'on cherche le nom qui revient le plus souvent... Or, il y en a un qui revient toujours et là, là c'est plus un jeu, c'est même ce qu'on a de plus sérieux depuis le début de l'affaire...

Il me regarda et reprit :

— C'est l'histoire étrange d'une longue série de rencontres entre cadavres... Le directeur général de l'armement, l'ancien ministre des Armées, le général Le Braz, l'ancien patron des Services spéciaux, Méningaud, qui vient d'être décapé, tous ces morts avaient eu à faire avec un certain colonel Klement Malinovski. Un Malinovski présumé mort, porté disparu après une mission d'infiltration à Bagdad.

Nous, nous connaissions Hautes-Études et savions qu'il ne fallait pas s'énerver, qu'il racontait bien et que tout viendrait à point.

Ulrike fut plus nerveuse.

— Mais s'il est mort, ce colonel Malinovski ?

Hautes-Études eut son petit sourire pincé :

— Bien sûr qu'il est mort. Sa femme et sa fille sont mortes aussi dans l'incendie de leur maison et ça sent très fort le cafouillage de nos services secrets, mais pour avoir l'info il a fallu que le Président lui-même tape du poing sur la table...

— Les Services français ont tué sa femme et sa fille ?... répéta Ulrike, incrédule.

— On peut dire ça comme ça... Mais quelle importance, il est mort, non ? Il est mort !... Il est mort et pourtant, il y a près d'un an, à l'époque où Saddam régnait encore, nos collègues anglais, du moins leurs agents à Bagdad, l'ont aperçu montant dans une Mercedes en compagnie de hauts gradés de la Garde républicaine d'élite. Direction : un aérodrome privé.

— Interpol ?... questionnai-je.

— Pas directement, mais fiable à 95 %.

Il y eut un court silence où nous nous observâmes.

— T'as une photo ?... demandai-je.

Il ouvrit un dossier et en sortit une demi-douzaine. Le genre de physique que je n'aime pas mais qu'importe, je n'envisageais pas de sympathiser avec lui.

J'en choisis deux et les fis passer.

— Celle en uniforme est très nette, bien cadrée, mais aujourd'hui il n'est plus en uniforme. Celle où il est en civil me paraît mieux, plus immédiatement parlante pour d'éventuels témoins... À propos...

Hautes-Études me coupa :

— C'est fait, bien sûr. Le baba cool n'est pas trop sûr, le campeur des neiges est formel : c'est le type qu'il a aperçu ôtant sa cagoule.

Je réfléchis un instant.

— Il n'y a plus de place pour le doute... Bon, je propose une technique classique : je le provoque de la façon la plus abjecte, je le roule dans la merde et on attend une réaction, peut-être un faux pas.

— C'est pas sans danger !... remarqua le Duck d'un air soucieux.

— Je sais, parce que je crois qu'il est dingue ; mais on n'a pas trop le choix, faut prendre ce risque.

— Faut vraiment en arriver là, patron ? insista Primerose.

— Votre sollicitude me touche beaucoup, les gars, mais ma décision est prise.

Ulrike Treshckow nous rappela involontairement qu'elle était tout de même chef de la police criminelle de Berlin, avec la part de prudence et de diplomatie qui s'attache à pareille fonction :

— Il faut te... vous dites « couvrir », n'est-ce pas ?

Je hochai la tête.

— Je vais ouvrir tout grand le parapluie en demandant aux hautes sphères approbation ou rejet de ma stratégie. Là, on les tient. Florence, vous me prenez rendez-vous pour 13 h 30 avec le directeur, on déjeunera au Lutétia. Qu'il annule ses rendez-vous, dites-lui que c'est urgentissime.

— Les terroristes vont s'en prendre à votre famille... suggéra Brégégère.

— Je sais. Je m'occupe du problème en sortant de la réunion.

Il n'y eut pas de réaction. J'enchaînai :

— Florence, sous réserve d'annulation, au plus tard vers 14 h 30, prévenez l'autre conne, là...

— Karine Hardouin !... me souffla la jeune femme.

— C'est ça. Qu'elle m'organise un méga-rendez-vous de presse avec télés pour 17 heures. Primerose, toi tu me fais faire des tirages photo de Malinovski, une bonne centaine. Prévois également un agrandissement de un mètre sur quatre-vingts centimètres collé sur support polystyrène. Vu ?

— Vu !

— Autre chose. Pour le rendez-vous de presse, je porterai un costume noir, cravate noire, chemise bleu ciel. Florence, vous aimeriez porter du Ungaro ?

— Un rêve !

— Vous apparaîtrez à l'écran à mes côtés, vous serez mon accessoiriste de charme qui amènera devant les caméras du monde entier la photo agrandie de Malinovski. On va théâtraliser, esthétiser ce bordel... on va créer un effet de surprise et vous, ces fringues, j'espère que ça vous fera plaisir. En sortant d'ici, vous embarquez « Huguette »...

Elle me coupa :

— Karine Hardouin, monsieur le divisionnaire.

— Voilà. Vous l'embarquez et vous foncez chez Ungaro, avenue Montaigne. Je souhaite vous voir en classique, petit tailleur gris moyen ou marine assez strict, cintré, jupe à cinq centimètres au-dessus du genou, bas blancs. Pour les chaussures, voyez chez Jourdan, boulevard des Capucines. Avec ça, un chemisier blanc, un truc mignon, en soie, évidemment... Ulrike idem, si vous le voulez bien, car vous trouvant à mes côtés, vous serez certainement interviewée après ma prestation. Habillez-vous où vous voudrez. Florence, prenez la carte de crédit Gold dans le tiroir de gauche de mon bureau, code 8285. Sachant que cette émission sera diffusée devant des centaines de millions de spectateurs dans le monde, côté haute couture, il y a neuf chances sur dix que ce sera cadeau sinon, tenez-vous-en l'une et l'autre dans une fourchette de quatre mille cinq cents à six mille euros.

Nous avions tous une foule de choses à faire et j'allais lever la séance lorsque je surpris le regard défait de Brégégère.

Je fis rasseoir Primerose :

— Une minute, s'il vous plaît. Brégégère ?

Il hésita, tripotant son stylo-bille, puis :

— Eh bien, ça y est, ce fils de pute de tueur pédophile est « logé ». Et c'est seulement maintenant que je peux vous le dire, patron : pour arriver à ce résultat, j'ai déconné, gravement déconné.

— Mais encore ?... demandai-je un peu crispé en voyant arriver les ennuis.

— Voilà, patron. On a un stagiaire dans mon service d'origine, un jeune type que je suis chargé de former. Théoriquement, il travaille sur des missions qu'il reçoit du chef de service, ça descend depuis le quartier général...

— Et alors ?...

— Alors, depuis un mois, il travaille exclusivement pour moi, vingt-quatre heures sur vingt-quatre sur cette affaire de pédophile à la rose noire.

— Non ?... fit Ulrike, stupéfaite.

— Si !... souffla le Duck.

— Qui était au courant, dans l'équipe ?...

Un à un, à l'exception d'Ulrike, tous levèrent la main.

Je me fis cruel :

— Ainsi, même vous, Florence ?

Ses grands yeux s'emplirent de larmes et elle hocha la tête. Je les trouvais tous adorables, bien entendu, parce que Brégégère est un type attachant et que c'est sympathique de s'unir pour aider un copain à niquer la hiérarchie. Même lorsque la hiérarchie, assez peu hiérarchique, c'est en partie moi. Mais il fallait que je marque le coup.

— Et qu'est-ce qu'il peut bien écrire dans ses rapports, votre foutu stagiaire, puisque les autres affaires il ne s'en occupe pas du tout ?

Brégégère parut un peu gêné.

— Quelqu'un les lui écrit, patron. Ce petit-là, il s'appelle Le Guen, eh bien, dans le service, on a trouvé ses rapports admirables, exemplaires, des vrais chefs-d'œuvre. Il va avoir des notes de stage époustouflantes.

— Qui a osé faire ça ?

Le commissaire principal Hautes-Études, mon poulain, ma fierté, un grand espoir de la Criminelle, leva mollement la main.

Je tiquai.

— Mais comment tu faisais, puisque tu connaissais que dalle à ces affaires-là ?

— Frime, brio, éclat, tchatche, spéculations heureuses, inspiration, classe, imagination... Enfin, Padovani, tu es mon maître, c'est toi qui m'as appris à écrire admirablement sur des sujets que tu ne connaissais absolument pas.

— Vous allez nous couvrir, patron ?... demanda le Duck.

J'allumai une Camel en prenant à dessein tout mon temps, puis :

— Bon, je prends tout sur moi. On dira que votre petit Le Guen était en mission d'infiltration top secret.

Ils me firent fête, comme des gosses qu'ils sont, quelque part.

J'abrégeai :

— Eh bien, on en est où, avec votre tueur pédophile ?... J'ai le droit de savoir, il me semble !

Brégégère devint fébrile.

— Patron, je le sentais !... Je vous l'avais dit, hein, ça fait deux jours que je le sentais. Donc, cette fameuse rose noire qu'il laisse sur les lieux des enlèvements et à côté des cadavres des petits enfants, les Services ont longuement enquêté sur sa provenance, vous savez, c'est fait avec un papier de soie d'une extraordinaire finesse. La piste a fini par être abandonnée...

— Mais pas par vous, c'est ça ?

Il eut l'air satisfait.

— Un papier comme ça, c'est pas fabriqué en France. J'ai harcelé les papetiers, les détaillants, les industriels, les imprimeurs et j'ai recoupé deux avis autorisés : seuls les Chinois savent faire ça. J'ai donc repris mon bâton de pèlerin et mon travail de fourmi mais les commerçants chinois sont peu loquaces, alors j'ai harcelé aussi l'ambassade, le centre culturel, la représentation touristique, tout le toutim et j'ai enfin obtenu une adresse.

Un peu angoissé, il regarda autour de lui tous ces flics qui l'observaient. Mais il fut incapable de comprendre la nature de ces regards : tous l'admiraient. Il n'y a plus beaucoup de flics qui travaillent comme Brégégère, le terrain, le porte-à-porte sous la pluie et dans le froid, les refus de parler, les changements d'adresse et surtout les « partis sans laisser d'adresse »...

Il reprit :

— Chez M. Huan, le détaillant en question, j'ai dû faire un véritable siège. Il savait que je savais mais de là à le reconnaître... On a parlé papier de soie pendant des jours. Moi, en plus du boulot, j'ai lu tout ce qui a été écrit sur le papier de soie et je ne doutais pas que les roses noires étaient fabriquées avec un papier de soie qui n'existe que dans une petite ville de la Chine du Sud-Est. M. Huan n'était pas insensible au fait que je m'intéresse à tout ça et il était très troublé par cette histoire de tueur d'enfants étant lui-même plusieurs fois grand-père. Alors, comme je sentais qu'il fléchissait, j'ai fait monter les enchères.

— Les fameuses conneries, je présume ?... demandai-je.

— Patron, j'ai volé une dizaine de passeports vierges, de visas bidon, des permis de conduire vierges, des tampons, des timbres humides, tout un tas de papelards administratifs...

Au fond, j'aime assez les mecs obstinés qui vont au bout de leurs idées, de leurs amours, même si le réveil est presque toujours assez pénible.

— Continuez, on dirait du cinéma vérité.

— Pour les Chinois, qui ont tous de la famille là-bas, c'était tenter le diable. Il a accepté mon idée, il a pris Le Guen comme vendeur. Et Le Guen, il s'est formé vitesse grand V, il est très compétent et, s'il est viré de la police, M. Huan est prêt à le reprendre. En tout cas, c'est Le Guen qui a eu cette idée magnifique : l'installation d'une caméra discrète au-dessus de la caisse. Si bien qu'on a le film du tueur quand il vient acheter son papier de soie noire.

Il fouilla dans une serviette en cuir assez fatiguée et émouvante, puis me sortit la photo d'un gros con.

— C'est ça, le tueur ?

— C'est lui. Mais Le Guen a fait plus fort encore. Il a servi le papier de soie noire, il a encaissé et il a suivi le tueur en faisant appel aux techniques fraîchement apprises à l'école de police mais avec ce petit plus qui annonce le grand flic. Voilà, on a l'adresse. C'est quand vous voulez, patron.

Il y eut un silence, tous me regardaient.

Je soupirai.

— On ne peut pas perdre de temps, on ne peut pas non plus foirer le coup par précipitation. J'ai mon idée... Disons qu'on le serre à 19 heures.

Brégégère n'en avait pas fini.

— Patron, Le Guen, ça serait bien qu'il soit avec nous. Il le mérite par la qualité de son travail et puis il vous admire, ça le flatterait. Vous savez, j'ai l'âge de vous dire ce genre de choses que vous devez jamais entendre : chez les jeunes collègues, Padovani, c'est un nom de légende, c'est le flic élégant arrivé au top le flingue à la main, et pas par des combines dégueulasses. C'est le véritable numéro un de la Brigade criminelle, qui a mis lui-même une potiche pour le titre afin d'avoir les avantages sans les inconvénients, le combat de terrain et le choix des options sans les salamalecs avec les politiques.

— Ouf, n'en jetez plus, je me rends !... répondis-je assez gêné.

Mais je le regardai dans les yeux. Il ressemblait à un vieux cheval. C'était un de ces types qu'on ne remarque jamais mais qui font un admirable boulot : rendre à des parents fous de douleur des petits enfants enlevés par des pourritures.

Il se méprit sur mon ni oui ni non.

— Je voudrais pas être lourd, patron, mais ça serait si gentil à vous...

Il commençait à m'émouvoir un peu trop. Je me levai vivement et, d'une voix enrouée :

— Dites à votre complice, à ce Le Guen... que c'est d'accord. Si ça peut vous obliger, je le prendrai même à mes côtés. Et puis... compliments pour compliments, votre travail n'est pas très régulier, les méthodes sont archi-discutables, vous mériteriez d'être révoqué sans pension mais vous êtes vraiment un très grand flic, Brégégère, un chasseur d'exception.

Sur quoi je sortis assez rapidement.

24

« Klement Malinovski, ancien colonel d'infanterie de l'armée française "retourné" par le régime du dictateur Saddam Hussein, Klement Malinovski est un lâche. Un lâche et un assassin qui m'inspire le plus profond dégoût. »

Les caméras ronronnaient et zoomaient sur le portrait que Florence, tanguant un peu sur ses hauts talons, venait d'apporter tandis qu'Ulrike se tenait à mes côtés. Des dizaines de flashes crépitaient.

On appelle cela un franc succès.

*

Mahmoud Tabaqjili suivait ce qui se déroulait sur l'écran de télévision avec un intérêt poli. Watban Kazar, qui s'ennuyait ferme, attendait qu'on lui rende la télé afin qu'il puisse récupérer la cassette VHS d'*Autant en emporte le vent*. Légèrement infantile en cette circonstance, car il en voulait à Malinovski de lui avoir fait stopper son film favori, il murmura, comme pour avoir le dernier mot :

— M'âme Scarlet !... Oh M'âme Scarlet !

Seul Malinovski semblait scotché à l'écran, observant son portrait tenu par une jolie fille tandis que ce qu'il venait d'entendre le crucifiait : « Cet homme est un lâche. »

Tabaqjili, qui s'était un instant esquivé pour aller jeter un coup d'œil dans la rue, revint à pas rapides et, s'adressant à Malinovski :

— Il y a déjà des voisins devant la maison. Ils vous ont reconnu à la télé, il faut partir.

Malinovski savait qu'il fallait partir. Cela aussi avait été prévu. Il lui suffisait simplement de saisir l'attaché-case noir contenant des codes, des listes, des adresses, des numéros de comptes bancaires... Cette planque était perdue ? Aucune importance : avec l'argent irakien de l'époque Saddam, il en avait installé une demi-douzaine. La Jaguar devenait identifiable ?... Quatre autres véhicules neufs et irréprochables attendaient dans plusieurs garages de banlieue.

Malinovski savait parfaitement qu'en cet instant ses chers voisins, qui l'avaient bien évidemment reconnu, embouteillaient le standard de la flicaille pour le balancer.

— Il faut partir !... répéta Tabaqjili, et sous le ton courtois perçait une légère menace.

Malinovski éteignit la télé d'un geste nerveux.

— Cela, ils vont me le payer cher !

— Sommes-nous venus dans ce pays pour régler ce genre de compte ?... demanda froidement Tabaqjili en jetant un regard distrait à Watban Kazar qui, discrètement, récupérait dans le magnétoscope la cassette d'*Autant en emporte le vent*.

Malinovski toisa Tabaqjili.

— Nous sommes venus dans ce pays pour tout autre chose mais désorganiser leur police fait partie du programme.

À cela, Tabaqjili n'avait rien à répondre.

Ils eurent tôt fait de grimper dans la Jaguar.

Au milieu de la rue, un couple de voisins attendait, très remonté. Ils hurlèrent à l'adresse de l'ex-colonel français :

— Lâche !

Malinovski fit arrêter la voiture et descendit. L'homme et la femme eurent tout juste le temps de penser qu'ils avaient été imprudents avant que des balles blindées ne leur arrachent la tête.

*

J'avais parlé pendant quarante-cinq minutes et répondu aux questions, en tout cas à certaines, pendant un bon quart d'heure. Je m'étais exprimé debout, sans la moindre note, sans l'ombre d'un scripteur, sachant que les professionnels qui se trouvaient en face de moi apprécieraient.

Nous nous étions repliés dans une petite salle, avec le gratin de la police, occupés à vider quelques flûtes de champagne.

Le Président, le Premier ministre et le ministre de l'Intérieur avaient suivi mon intervention et tous trois m'adressaient leurs félicitations.

Moi, je soufflais : succès sur toute la ligne ! Bien entendu, je conservais l'enquête, mais à partir de l'instant où j'avais mis Malinovski à l'écran sa capture relevait de tous les policiers de France. Le problème s'était déplacé et ma responsabilité diluée. J'avais fait mon boulot, la capture ou la mise hors d'état de nuire, c'était la cerise sur le gâteau.

« Huguette », alias Karine Hardouin, était restée avec les journalistes — les pauvres ! — et j'en étais donc débarrassé, espérant simplement qu'elle ne dirait pas trop d'énormités.

L'aristocratie de la police française se trouvait dans la pièce et draguait Florence, rayonnante dans son tailleur Emanuel Ungaro, et Ulrike, qui avait préféré s'habiller en Kenzo.

Fatigué, je m'assis dans un coin, une flûte de champagne dans une main, une Camel dans l'autre. Avec mon costume noir, j'avais sans doute davantage l'air d'un *don*, chef d'une « famille », revenant de l'enterrement d'un de ses *consigliere* que d'un commissaire divisionnaire mais j'avais pensé que cette tenue donnerait une certaine solennité à mes paroles.

À midi, j'étais passé chez moi en coup de vent. Ils avaient tous rechigné, mais tous s'étaient rendus à mes raisons. Francine s'était donc exilée à Toulon chez une de nos amies prof de lettres. Stéphan, le cadet, s'était replié sur Marseille chez Jean, un ami journaliste, et Michèle, son adorable épouse. Je savais qu'ils allaient gâter le junior. Quant à Tom, l'aîné, il était parti chez un de mes très vieux potes, Robert Inckel[1], à Vaison-la-Romaine. Copain de la promo 1974, il avait eu des malheurs : blessé, à demi inconscient, il avait par erreur tué un collègue. Désespéré, il avait quitté la police, picolé gravement avant de se clochardiser du côté de Lisieux. Et puis il avait été « sauvé » par une jeune femme d'une association. Coup de foudre réciproque, cure de désintox, stage de cuisine et, vingt ans plus tard, Robert possédait la plus belle pizzeria de Vaison. Et ce n'était pas le jeune Thomas Padovani qui allait cracher sur de la bouffe italienne !

1. Cf. *Bleu de méthylène* (Folio).

Quant au boxer, Brigand, j'assumais.

Ma maison n'était plus occupée que par les flics du RAID, en embuscade au cas où. Quant à la TR4, elle était retournée chez Mustapha en raison de la période agitée qui s'annonçait. Ce fut Florence qui conduisit la petite merveille anglaise et Mustapha ravi de l'appeler aussi sec « Madame Padovani ». La petite m'avait raconté la chose avec des yeux brillants, plutôt fière — bien moins que je ne le suis moi-même, mignonne !

À dire vrai, je ne partageais pas la joie un peu factice que manifestait le gratin de la police nationale. Entre l'attentat du RER et celui de Pigalle, nous avions depuis longtemps dépassé les mille morts. Et l'on continuait à retirer des cadavres de la Seine et à découvrir des corps calcinés dans les immeubles proches de la place Pigalle.

J'en étais là de mes réflexions lorsqu'un coup de fil arriva : on les avait retrouvés. Tous les trois, dont Malinovski formellement identifié. À Saint-Maur, dans une planque qu'ils venaient de quitter.

L'évidence m'apparut aussitôt, mais malheureusement elle n'apparut qu'à moi.

— Rappelez immédiatement vos hommes !... Évacuez le quartier !... Installez un périmètre de sécurité !... Je vous envoie le service de déminage ! Je...

Ce fut le silence.

Prétextant une urgence, ce qui m'évitait de perdre du temps à entrer dans les détails, je rappelai Ulrike et Florence puis, Brigand sur mes talons, je quittai les lieux.

*

Le constructeur avait fait ce qu'il pouvait, mais la bagnole était difficile à conduire. Trop lourde, direction flottante, freinage incertain.

À la demande du ministre, persuadé que Malinovski s'en prendrait à moi, nous avions touché deux 406 blindées qui arrivaient de l'usine, commande d'un dirigeant africain qui attendrait.

J'étais au volant de l'une d'entre elles, l'autre, en cet instant, devant rouler vers Saint-Maur en emportant Hautes-Études, le Duck, Primerose et Brégégère.

À l'arrivée, je fis un léger crochet vers la gare du RER, station Le Parc-de-Saint-Maur. Une Jaguar, la deuxième aujourd'hui, avait explosé et entièrement cramé. Deux passants tués, sept blessés dont deux très gravement.

Ces types étaient ainsi, même si c'est difficile à concevoir : plutôt que de prendre le risque de laisser une empreinte sur une bagnole, ils la faisaient sauter, et tant pis pour les infortunés piétons qui passaient à proximité.

Sans plus m'attarder, et me fiant au GPS, je parvins aux abords de la rue Eugène-Sue interdite par des CRS. Leur présence s'expliquait. En effet, dès les premiers appels dénonçant la présence des terroristes puis informant de la mort du couple de voisins froidement abattu, les polices locales s'étaient ruées sur place. Devant une affaire aussi délicate considérée à hauts risques, le responsable aurait dû me joindre avant de prendre une quelconque initiative. Il n'en avait rien fait. Dommage. Jusqu'ici, à part les agents spéciaux, tout le monde avait coopéré. Où avions-nous vu des rivalités entre services ? Des blocages ? Des rétentions ? Des pressions ?

Le responsable de l'opération avait préféré la jouer perso, et l'avait payé de sa vie. Bilan très lourd : onze policiers tués, sept blessés.

Un piège classique. À peine une main s'était-elle posée sur le portillon du jardin que la maison avait été littéralement soufflée par une charge de très forte puissance. À voir le résultat, Malinovski avait placé ses charges selon les règles de l'art, sous les piliers porteurs.

Il n'y avait pas grand-chose à récupérer dans pareil champ de ruines mais on allait les fouiller, moellon par moellon s'il le fallait. Ce serait long.

Enfin, l'homme que j'attendais arriva : Nollet[1]. Le seul divisionnaire en lequel je plaçais une absolue confiance.

Il ne changeait pas.

Toujours un certain embonpoint compensé par beaucoup de classe, un côté so british. Toujours ce physique qui le faisait ressembler au comédien Philippe Noiret. Toujours un hush puppys qui engueula Brigand, lequel ne lui accorda qu'un regard distrait.

— Ciao, cavalieri !

— Ciao, Nollet !

— Je vois qu'on t'a confié une affaire explosive.

— Tu as connu pire !... dis-je en souriant, allusion aux célèbres « Chats bottés », de véritables Mozart de l'explosif.

— Tu vas ?... Francine, les gosses, ils vont ?

— Bien. J'ai replié tout le monde sur la province.

— C'est en effet plus sage. Ces terroristes sont fous, dangereux et retors.

— On peut dire les choses comme ça.

1. Cf. *La Nuit des Chats bottés.*

— Comment puis-je t'aider, Padovani ?

— Écoute, Nollet, à toi je peux le dire : je suis débordé par l'ampleur de la tâche et, en même temps, vu les enjeux, j'hésite, en dehors de mon équipe, à déléguer à des maladroits. On en a un triste exemple ici...

— Bonne analyse, je suis d'accord. Alors tu as pensé à ton vieil ami Nollet ?

— Exactement.

Il se massa le menton d'une main potelée mais en un geste élégant, puis :

— Je crois que je devine... Autant de voisins, autant de témoins. Je rafle tout ce petit monde et je te fabrique des portraits-robots plus vrais que nature des deux complices de ce Malinovski. C'est bien cela ?

— Tu devrais entrer dans la police, commissaire !

J'allumai une Camel, il sortit son légendaire paquet rouge de Craven sans filtre. Puis, plus bas :

— Foutu métier que le nôtre.

— Le dernier des métiers. Mais justement, comme c'est le dernier, il fallait des mecs comme nous pour le faire.

Il rit.

— C'est ma foi vrai... Quand ce sera fini, tu m'invites et je choisis le restaurant. Tu dois avoir un budget conséquent sur une affaire de cette importance ?

— Illimité !... J'en suis à habiller mes collaboratrices chez les grands couturiers. Ce sera ce que tu veux : Lasserre, Maxim's, Ledoyen, La Tour d'Argent, le Relais Plazza...

Il se frotta les mains en souriant d'un air gourmand.

— J'ai mieux encore. C'est si cher que ça fonctionne comme un club privé.

Il cessa de sourire et posa sa main sur mon avant-bras.

— Padovani, cette fois c'est pas pareil. Sois très prudent !

— Réserve une table dans ton restau de rêve, Nollet : j'ai pas envie de mourir. Pas comme ça, et pas de leurs mains.

25

La fatigue commençait vraiment à marquer nos traits. On peut s'user jusqu'à la corde lorsqu'il s'agit d'éprouver la volonté mais le corps, lui, a ses infranchissables limites.

Il m'avait fallu ruser. Soustraire à l'attention des collègues, mais aussi de la presse, l'équipe la plus célèbre de la Brigade criminelle embarquée dans deux voitures blindées assez peu discrètes.

Nous avions, grâce à un code assez rudimentaire, récupéré le jeune protégé de Brégégère, Jonathan Le Guen. Je lui avais passé le volant, ce qui n'est pas rien pour ceux qui me connaissent, et prié la ravissante Florence de s'asseoir à ses côtés. Pour ma part, je partageais la banquette arrière avec Ulrike. La banquette, mais aussi le journal.

L'actualité, c'est un peu comme les diaphragmes photographiques, affaire d'ouverture ou de rétrécissement. Après avoir fait la une de certains canards, l'affaire des travestis se résumait à quelques lignes en pages « Société ». Alors qu'on nous avait reproché, et avec quelle véhémence, nos lenteurs, nous n'avions pas droit à un compliment, pas une louange et pas vraiment d'infos. Au contraire, on se laissait aller à une certaine homophobie par le biais d'une évidente complaisance à citer les pseudos des victimes : « Rappelons que trois travestis étaient tombés sous les balles d'Albin Lécussan : Patrice Darlan, acteur qui se prétendait russe et se faisait appeler "Riquita Khrouchtchev la Tata tintinnabulante", Cédric Nizard, artiste de music-hall dit "Big moon", et un certain Mansuy, vieux prostitué travesti du bois de Boulogne. »

Nous arrivâmes à Ivry et stoppâmes à cent cinquante mètres du domicile du tueur pédophile, Frank Raynouard. Il s'agissait d'un pavillon vieillot dont Le Guen avait dessiné le plan.

Il existait une entrée sur la rue et une autre sur cour, donnant sur une impasse. Deux entrées, c'est formidable lorsque la police l'ignore mais lorsque le secret est éventé, l'avantage devient inconvénient : il est moralement désastreux d'être attaqué sur deux fronts — même Hitler a appris la chose à ses dépens.

Il fallait être extrêmement rapides, ne pas laisser la moindre occasion à Raynouard de s'en prendre au gosse, qu'à mon avis il détenait toujours.

Je répétai les ordres :

— La première équipe investit par l'entrée principale sous la direction de Hautes-Études. Avec lui, Florence, Le Guen et le Duck. Le Duck pour les explosifs. Deuxième équipe à mes côtés : Ulrike, Primerose et Brégégère. Je m'occupe du C 4. Ajustez les oreillettes. En cas de communications interrompues, d'incidents, chaque équipe retrouve son autonomie. Dès l'instant où l'explosif pète, ça doit être la ruée. Vous ne laissez rien ni personne en travers de votre route avant d'avoir trouvé le gosse. Chaque homme prend une hache. Exécution !

Nous ouvrîmes les coffres des 406 blindées. Les haches munies de manche d'un mètre pesaient très lourd. Certains les tenaient à deux mains, ce qui les obligeait à passer les fusils d'assaut ou les fusils anti-émeutes à la bretelle.

Théoriquement, j'aurais dû avertir la police locale mais l'épisode de Saint-Maur ne m'avait pas mis en confiance. J'avais fait baisser les pare-soleil marqués « Police ». Cela s'ajoutant aux silhouettes caractéristiques des voitures blindées, on pouvait espérer que les flics du coin comprendraient. Peut-être.

Devant nous, la rue se vida. Six hommes en costumes sombres, haches et fusils à la main, et deux jolies femmes le 357 à la main, bras le long du corps, c'est déroutant.

Après un petit signe de connivence entre Hautes-Études et moi, nous nous séparâmes.

Il fallait marcher, ne pas courir, faire le vide en soi. La porte, déjà. Le Guen en avait tiré un Polaroid, j'avais donc pris la mesure de l'adversaire. Le C4, à présent. Un bon explosif, très à la mode. Ni trop, pour ne pas provoquer un effondrement de façade, ni trop peu, afin de ne pas rester comme un con devant une porte fermée. Le détonateur. Se plaquer au mur et l'explosion, enfin, comme un coup de pied dans les reins qui vous pousse en avant en hurlant.

La porte, de guingois, tenait encore par un gond. J'eus une telle montée d'adrénaline, une telle bouffée de haine que mon coup de hache, plutôt bien ajusté, sectionna les vis demeurées en place.

Et là, l'aventure.

Primerose pénétra dans une cuisine. Moins un, car lorsqu'il se serait assuré qu'elle était vide, il serait peut-être trop tard pour recoller au peloton.

Ulrike investit une pièce que j'entraperçus. Des télés, des mètres linéaires de cassettes et de DVD. Une autre de perdue.

On entendait tout un barouf venant de l'autre côté où Hautes-Études devait progresser très vite.

Une entrée de cave ou une chambre ? Il fallait choisir. J'hésitai quelques secondes. Brégégère en profita pour me doubler et c'est lui qui se trouva face à face avec Raynouard. Il leva sa hache. Rapide, Brégégère. Lâchant la mienne, je bondis et parvins à dévier le coup. Le pédophile avait sauvé sa tête mais pas son bras, profondément entaillé.

Je hurlai :

— Non, pas ça !

Brégégère ne m'entendit même pas.

Ma situation était critique. Brégégère avait lâché sa hache mais, d'un mouvement rotatif rapide, il ajustait Raynouard avec son Riot-Gun anti-émeutes. De quoi le couper en quatre.

Une nouvelle fois, je déviai le coup mais le magasin du fusil était plein et ce modèle n'était bien entendu pas débagué. Brégégère prit du champ pour se mettre hors de ma portée, visa de nouveau tandis que l'autre salaud, quoique blessé, se repliait vers le fond plus obscur de la pièce.

Cette fois, la situation m'échappait, quand Primerose, revenu dare-dare, se jeta sur Brégégère. Quatre-vingt-quatorze kilos de muscles : le capitaine ceintura l'autre capitaine.

Je me jetai sur Raynouard. Le fumier riait, amusé par l'altercation entre flics.

— On m'appelle Gros Nounours...

On me critiquera sans doute car ce n'était pas absolument nécessaire mais j'envoyai mon poing dans la sale gueule de Gros Nounours — j'ignorais alors que c'était son nom de guerre pour les affaires avec les malheureux gosses. Le nez fut brisé, les dents également, la mâchoire fracturée mais moi, pauvre con, je venais de me casser les phalanges de deux doigts de la main gauche : on ne m'ôtera pas de l'idée que je vieillis.

Je menottai Raynouard à un barreau du lit, prenant garde de ne pas salir ma veste Lanvin avec son vieux sang pourri : quand on est fashionable, il faut aussi être soigneux et avisé.

Puis, furieux, je toisai Brégégère.

— Vous êtes con, ou quoi ?... Il y a sûrement un réseau, si vous le tuez, j'aurai jamais les noms, ces putains de grands bourges qui violent des gosses.

Une légère écume blanchâtre coiffait la lèvre supérieure de Brégégère, lèvre retroussée sur les dents dans un rictus. C'était une expression de haine comme j'en ai peu vu. Il grinça :

— Je vais le crever, cette salope, je vais le crever !

Hautes-Études et le Duck surgirent. Hautes-Études était livide, ça sentait la catastrophe.

— Viens vite, Pado, vite !

Je me tournai vers Primerose.

— Reste avec lui. S'il déconne, flic ou pas : cogne dur !

Courant derrière le Duck, je traversai un salon. Art chinois, sculptures représentant des éphèbes ou des angelots, paravents et partout, partout des photos d'enfants forcés par des adultes. La haine de nouveau et l'idée qu'il me restait quelques phalanges de la main droite à casser sur la gueule de Gros Nounours avec un magistral bourre-pif.

— C’est là !... souffla Hautes-Études.

Une pièce exiguë comme un grand placard. En fait, une chambre froide rachetée à un boucher. Sur l’étal, nue, une petite fille de cinq ou six ans, les yeux grands ouverts, une rose noire dans la bouche, la boîte crânienne défoncée avec sauvagerie.

Je fermai les yeux. Et puis je me souvins de la cave, que je n’avais toujours pas explorée. Et puis de Gros Nounours, de mon envie de faire justice moi-même, d’envoyer les bastos de mes flingues une par une dans sa grosse tronche pourrie.

Les autres arrivaient de partout en courant et s’immobilisaient comme statufiés devant le cadavre de la petite fille. Nous allions apprendre plus tard qu’elle s’appelait Marine, petite Coréenne adoptée, arrivée en France en étant censée fuir famine et barbarie du régime du Nord. Amère, non ?

Je pensai à tous ces petits enfants tués par l’autre gros porc. Chacun sa sensibilité mais moi, ce qui me bouleversait, c’était la rupture d’univers, de l’infinie tendresse à la violence extrême. Cette désillusion-là, à mon sens et plus que tout, c’est cela le plus haut degré de la douleur.

Et puis il y avait Brégégère. Brégégère dont la fille... Il avait fait une chose extraordinaire, un acte qui nous stupéfia : à sa demande, il s’était fait menotter par Primerose. Et il était là, sans un mot, regardant le corps de la petite fille en pleurant doucement.

Il fallait que je m’arrache à cela. D’un geste vif je dénouai ma cravate et la tendis à Florence.

— Allez faire un garrot au tueur et appelez le SAMU.

— Laissez crever cet enculé, patron !... souffla le Duck.

Je n'écoutais plus. La cave ! C'était la cave qui m'obsédait.

Je fonçai. Une porte fermée.

— Merde !... Qui a une hache ?... lançai-je hargneusement en réalisant que je n'avais plus la mienne.

Le Duck leva la sienne. Un seul coup, magistral, fut nécessaire.

La cave avait été transformée en une petite chambre mal aérée par une buse donnant sur le jardinet côté impasse. Du salpêtre et de la moisissure couvraient des murs humides. Un petit lit et, dessus, un tout petit garçon d'à peu près deux ans aux grands yeux craintifs.

Très pâle, maigre, des cheveux châtain clair assez longs et mal coupés. Il semblait effaré par tous ces adultes, ces fusils, ces flingues et l'énorme hache tenue par un géant noir, le Duck.

Je m'approchai. À pas lents. Douce, très douce, mon approche. Je m'assis au bord du lit. Surtout pas trop près, mais pas trop loin non plus. Je crois à notre part d'instinct, même chez un tout petit gosse. Je ne lui voulais pas de mal, il allait le sentir.

Les fusils disparaissaient, les flingues aussi qui regagnaient dare-dare leurs étuis. Ulrike, bientôt rejointe par Florence, était au premier rang et je savais ce qu'elles pensaient : que j'étais un mec, même si j'étais le grand patron, et qu'elles feraient ça beaucoup mieux que moi.

Eh bien tant pis !

— Joachim ?... Bonjour, Joachim !

Oh, là, là !... Joachim, ce n'était pas rien, ce mot-là ! Il ne l'avait pas entendu depuis longtemps, mais il connaissait. J'avais mal pour lui, mais je ne voyais pas le moyen de faire autrement.

— Joachim, tu vas voir ta maman et ton papa...

Il eut comme un hoquet prolongé. Je me sentis salaud, mais que faire ?... Il me regardait avec une expression difficile à définir. J'y lisais de la douleur, mais aussi quelque chose d'autre, de beaucoup moins désagréable.

— Joachim, tu vas voir maman. Ta maman.

« Maman », c'était ça, le mot-clé. Il eut comme des chocs telluriques. Il fallait en passer par là, voir ces hoquets, cette petite poitrine toute maigre soulevée par des spasmes violents. Je répétai :

— Joachim, ta maman.

Je sentais l'énervement d'Ulrike et de Florence.

Le tout petit garçon me regarda avec une extraordinaire gravité. Ulrike fit sortir les mecs et elle avait raison. Beaucoup trop d'adultes, ici.

Un peu en perdition, je répétai de nouveau :

— Joachim, maman !

— Ma-man...

Voilà, il l'avait dit avec un petit visage froissé par l'émotion, le tourment et comme une lumière lointaine, peut-être le souvenir de la douceur.

Moi, je n'avais pas oublié. Je plongeai la main dans ma poche. Merde, mon beau costume noir était gris de salpêtre et troué à la manche gauche. Et re-merde, j'avais très mal à mes phalanges cassées. Et puis il y avait cette bosse dans ma poche, ce que les autres avaient sans doute pris pour une grenade.

Je sortis la petite boîte à musique en forme de bonhomme de paille et remontai le mécanisme. Dans le silence, petit bruit de ressort interminable, insoutenable. Et puis les premières notes de *Nous n'irons plus au bois*...

Il pencha la tête, adorable petit bonhomme reparti

par le souvenir vers le monde sucré et doux de la période heureuse. Je ne pouvais pas l'aider, il fallait que cela vienne de lui, qu'il retourne vers la tendresse, les shampooings bébé, les doudous, les odeurs de cannelle et de vanille — la vanille, l'odeur du bonheur...

Je chantonnai doucement pour accompagner la musique, songeant que ses parents faisaient peut-être de même.

Il sauta dans mes bras.

Je me demande quelle force au monde, en cet instant, aurait pu me l'arracher des bras. Ah ! sortir, se barrer d'ici, vite, vite, vite !

Glissant la boîte à musique dans ma poche, j'emportai l'enfant dans mes bras, Ulrike et Florence sur mes talons.

L'escalier.

Et fugace, cette image : le commissaire principal Hautes-Études derrière Raynouard, le tenant aux épaules tandis que le Duck, ancien champion militaire de boxe, tapait. Des petits coups secs, précis et espacés, la fracture à chaque fois, côte après côte, brisées en sifflet pour qu'il souffre beaucoup et longtemps.

Je décidai de laisser faire, j'étais mal placé pour critiquer.

Nous déboulâmes dans l'autre jardinet situé du côté rue. Il y avait des flics armés et menaçants mais Florence sortait déjà sa carte de police en murmurant « Divisionnaire Padovani », ce qui fonctionna comme un sésame : ils saluèrent main à la casquette.

Mon portable. Pas facile de l'attraper avec un petit enfant dans les bras, deux doigts cassés et une fichue tremblote irrépressible à l'idée de ce coup de fil.

Une, deux, trois sonneries...

— Allô ?

— Padovani à l'appareil. Commissaire divisionnaire Padovani.

Il y eut un petit cri étouffé, puis :

— Ils l'ont tué !

— Il est dans mes bras. Vivant. Et tout va bien. Joachim est vivant.

Après l'émotion, un grand calme me venait. Je dominais tout cela, le monde était à moi, j'avais l'impression d'avoir bien fait mon boulot.

— Joachim... répéta-t-elle d'une voix blanche.

— Il est dans mes bras. Il va bien, en bonne santé, juste un peu maigre mais vous allez remédier à ça, hein ?... On l'emmène à l'hôpital Robert-Debré, pour examens. C'est normal, ne vous inquiétez pas. Tâchez d'y être avant lui.

J'hésitai, puis d'une voix un peu voilée par l'émotion :

— Je vous souhaite beaucoup de bonheur, madame !

Cette fin heureuse aurait mérité d'être prétexte à une grande fête...

Effectivement, ce « fut ma fête », mais comme on dit par antiphrase.

26

C'était comme dans les conflits sociaux, cette ligne de classe qui sépare les ouvriers des patrons et de leurs collabos.

Les simples flics et les secrétaires nous faisaient une double haie d'honneur en nous applaudissant. Tous les effectifs de l'hôtel de police, hommes et femmes — les femmes surtout —, étaient là, à l'exception de la hiérarchie restée dans les bureaux.

Un photographe prit le cliché, et c'est un de ceux que j'aime bien. Avec mon costume noir gris de poussière, le fusil à la main, des cernes profondes sous les yeux, un visage émacié mais un large sourire aux lèvres, mon boxer trottinant à mes côtés. Et puis derrière, toute l'équipe hérissée de fusils, de haches, de flingues, poussiéreux eux aussi, silhouettes voûtées par l'épuisement mais souriants !

Nous avions gagné, ce soir !

Le directeur m'attendit dans mon bureau, le temps que je boive une flûte de champagne avec les fonctionnaires de l'hôtel de police, ceux pour lesquels le service du public n'a rien à voir avec le business politique.

Puis ce fut l'engueulade, de nouveau devant

Ulrike, mais en plus violent de part et d'autre. Les mêmes raisons que dans l'affaire des travestis, à savoir : les enjeux politiques, les désirs des médias, l'opinion publique dont on sait pourtant qu'elle se fabrique et qu'il s'agit de la plus grande pute qui fût jamais, toute cette merde une fois encore. Que pèsent un petit garçon de deux ans et ses parents face à toute cette... modernité ?

Je trouvais cela si injuste qu'il me vint l'idée de démissionner là, sur-le-champ. Le genre d'injustice telle qu'on en traîne depuis le lycée, quand le proviseur vous désigne à tort comme l'auteur d'une bêtise dont vous êtes innocent, ce genre de chose dont on se souvient sa vie entière même si elle n'avait pas tant d'importance.

— Une connerie, vous venez de faire la pire des conneries !... Et vous vous foutez du monde, Padovani. Ah ! elle est déjà lessivée, la belle image que vous avez donnée tout à l'heure à la télé !

— Je me fous de mon image, je veux juste faire mon métier.

— C'est nous qui décidons comment vous devez faire votre métier.

— Ah bon ?... Faites-moi voir ça, alors. Allez, monsieur le directeur, chiche, le flingue à la main, avec moi sur le terrain quand les bastos sifflent.

Il se radoucit un peu.

— Il ne s'agit pas de ça... Un journaliste a appelé le chef de cabinet pour savoir s'il était judicieux de traquer un pédophile...

— Un tueur pédophile !... coupa Ulrike.

— Si vous voulez : un tueur pédophile pendant que des terroristes détruisaient Paris.

Il me fatiguait.

— Je pisse au cul de ce journaliste. Et je lui pisse aussi à la gueule !... Il y a d'excellents journalistes : pourquoi ne me parlez-vous jamais de ceux-là ?

Il eut un haut-le-corps.

— Vous m'aviez habitué à bien des choses, mais pas encore à une telle grossièreté.

— Autre chose ?

— L'autre chose, c'est que nous pensons que ce journaliste a raison.

— Je n'ai pas entendu vos paroles, monsieur le directeur, pas dans la bouche d'un flic qui sait qui je viens d'arrêter. Que les journalistes et les politiques disent des conneries, d'accord, mais pas un flic. Je n'ai pas entendu vos paroles parce que, si je les avais entendues, vous seriez passé à travers la baie vitrée. Aujourd'hui, nous avons fait notre boulot, celui qui justifie ce que vous nous faites endurer par ailleurs.

Il y eut un long silence, puis :

— Vous vous rendez compte de ce que vous venez de me dire, Padovani ?

— Absolument !... Et j'ajoute ceci : toutes les affaires en cours sont réglées, mes dossiers sont parfaitement à jour. Maintenant, tout notre temps, tout notre potentiel offensif sera exclusivement tourné vers les terroristes. Je suppose que c'est la seule chose que vous souhaitiez entendre ?

— Exactement, Padovani. Et vous auriez dû commencer par là !... répondit-il en quittant la pièce sans omettre de claquer la porte, comme il sied à un vrai chef en pétard.

Je m'approchai de la baie vitrée.

Il faisait déjà nuit. Plus de neige, mais un froid de canard. À Ivry, j'avais grelotté tout le temps sans réellement m'en apercevoir. Mais lorsqu'on monte sur un coup dur, on ne met pas de pardessus. Déjà le geste pour chasser les pans de la veste, saisir le flingue, le tirer de l'étui, ajuster un tir... Pas de pardessus, of course.

Ulrike s'approcha et, avec des gestes doux, épousseta mon costume poussiéreux. Je haussai les épaules.

— Oh, de toute façon, il est foutu !

Elle me regarda et déposa un court baiser sur mes lèvres. Ses grands yeux de Prussienne, quel mignon petit cœur c'était là !... Je nous imaginais dans un champ, quelque part du côté de la Poméranie ou de la Mazurie, une région de lacs et de forêts de bouleaux. En 1910, un truc de ce genre. Les charrettes au pas lent des lourds chevaux, l'odeur des foins, mon canotier en paille d'Italie qui aurait roulé à terre, les coquelicots, nos baisers fous et son visage au-dessus du mien sur fond de ciel bleu de Prusse.

— Le directeur est un sale con, comme vous le dites en français.

— Oui, et on ajoute généralement : « Ça n'a pas d'importance. » Mais c'est faux, les sales cons nous pourrissent la vie.

— Il ne comprend rien à la police criminelle, ni à la vie. Il voudrait juste que la politique ne soit pas... perturbée ? Ce n'est pas ça, il rêve !

— Oui. Wishful thinking, comme ils me disaient dans la police new-yorkaise pendant ma visite d'amitié.

— Tu as été là-bas ?

— Et même en invité officiel.

— Wishful... quoi ?

— Wishful thinking. Je crois qu'on traduit par : « prendre ses désirs pour des réalités ». Allez, ne pense plus au directeur. S'il existait un parti des coagulés du cerveau, et que celui-ci soit au pouvoir, il prendrait immédiatement sa carte. Il est pitoyable, toujours affolé, guettant ce qui pourrait servir sa carrière. La carrière, c'est souvent l'alibi du manque de talent. Il parle de morale, mais il harcèle sexuellement ses secrétaires. Tiens, voilà son portrait-robot : des yeux montés sur roulements à billes, une langue sur rotule pour lécher les culs et une queue à enrouleur.

— Ça pourrait être très excitant, ce dernier point...

Elle se tenait tout contre moi. Je la pris dans mes bras et la serrai fort, très fort. Je ne pense pas que c'était sexuel, en tout cas, ce n'était pas l'essentiel.

Elle m'embrassa de nouveau. Je sentis sa petite langue hardie. Je m'écartai doucement.

— Je ne veux pas que tu dégringoles de ton piédestal, Ulrike, tu pourrais te faire mal en tombant.

— Les Allemands ont la tête dure. Tout le monde sait ça, surtout vous, les Français.

Elle m'embrassa encore.

Je pensais qu'elle avait tort. Un homme et une femme qui vivent côte à côte des événements très forts, qui passent par la peur, la violence, les poussées d'adrénaline, l'émotion, parfois le remords, bref, toutes ces choses, sont naturellement portés l'un vers l'autre. Mais quel mot mettre là-dessus ?

J'avais inconsciemment joué les allumeuses, je ne pouvais plus empêcher les petits baisers courts et violents qu'elle déposait sur mon visage en répétant :

— J'ai tellement envie de toi !...

J'articulai difficilement :

— Je ne crois pas que ce soit bien, Gretchen. Les accords franco-allemands stipulent...

— Les accords franco-allemands, c'est ça !

Nouveau baiser. Le plus grave, c'est que c'était franchement très agréable, d'une grande fraîcheur. Je me détachai doucement.

— Coucher, comme ça, c'est...

— Tromper ?

— Oui.

Mariée elle aussi, je ne sais trop comment elle structurait la hiérarchie des actes amoureux, ce qui était tromper et pas tromper, grave ou pas grave, permis ou pas permis, flirt poussé ou adultère...

Elle tomba à genoux, sans ménagement pour la robe Kenzo. Ses petits doigts nerveux vinrent vite à bout des boutons de la braguette de mon pantalon pourtant griffé Lanvin. Déjà, l'objet fantasmatique se trouvait dans sa bouche : les Allemands, on dira ce qu'on veut, mais ils sont rudement balaises question Blitzkrieg !... Une seule parade : je tombai à genoux moi aussi. Puis, d'un air dégagé, je regardai ma montre et :

— Ah, c'est l'heure de prendre mes médicaments pour soigner ma chaude-pisse !

Elle resta un instant figée de stupeur puis, comprenant qu'il s'agissait d'une plaisanterie, elle éclata de rire.

L'attaque avait été repoussée, mais d'extrême justesse.

*

Ils portaient l'uniforme de la Gendarmerie nationale avec une aisance et un naturel qui désarmaient tout soupçon. Chose assez logique puisqu'ils étaient tous trois militaires de carrière et officiers supérieurs.

Les lance-roquettes reposaient sur le plancher du véhicule, lui-même embusqué tous feux éteints dans le virage d'une petite ville de l'Oise proche de Paris.

Mais ils n'étaient pas là pour sanctionner les excès de vitesse ou la conduite en état d'ivresse, et n'importe quel crétin aurait pu passer devant eux complètement ivre et roulant à deux cents kilomètres-heure sans éveiller leur intérêt.

Ils étaient silencieux, regardant leur montre de temps en temps, mais sans nervosité.

Malinovski, de bonne humeur, lança :

— Finalement, on s'habitue rapidement à faire la une des journaux.

Watban Kazar se frotta les mains en riant puis, imitant l'accent des Noirs américains vus par Hollywood :

— Oh, M'âme Scarlett, M'âme Scarlett, ça va rudement chauffer pour les nordistes, ce soir !

*

J'avais réservé pour huit dans le coin fumeur du Cosa Nostra, un restaurant de luxe proche des Champs-Élysées. Le directeur de l'établissement, qui savait parfaitement qui j'étais, fit apporter en guise de bienvenue quatre bouteilles de mon champagne préféré : Cristal Roederer. Ce type sait recevoir, c'est évident. Il est vrai aussi que depuis dix ans il n'a jamais payé une seule de ses nombreuses contredanses. Et il est encore plus vrai que c'est ici que Hautes-Études bluffe ses nouvelles conquêtes : ceci explique cela...

J'avais placé Le Guen à ma gauche et Florence à ma droite. La petite avait déjà pas mal picolé, aussi je ne fus pas trop étonné lorsque je m'aperçus qu'elle collait un peu trop sa cuisse contre la mienne. Discrètement, je lui murmurai :

— Avez-vous déjà pensé, Miss, que je pourrais être votre père ?

— J'essaye de ne pas trop y penser, monsieur le divisionnaire : c'est vraiment trop excitant de penser ça !

Prétextant un coup de téléphone à donner, je changeai de place à mon retour, laissant à Le Guen le soin de gérer les ardeurs de Florence... et me retrouvai face à Ulrike. Je lui souris.

— Encore vous ?

— Jusqu'au jugement dernier ! C'est *Unchained Melody*...

J'adore cette chanson, un top des années 60. Achtung, c'est souvent par le jeu des références communes qu'on tombe amoureux...

La conversation était un peu débridée. C'est comme ça lorsqu'on fête une victoire, la fin heureuse d'une longue et difficile enquête. Il faut virer le stress et tous les moyens sont bons. C'est souvent là aussi que nos collègues femmes acceptent de faire l'amour. Tout cela selon le libre consentement des uns et des autres, bien évidemment. De tradition, ne trompant pas ma Francine, je préfère ne pas savoir. Après le restau, chacun retourne à sa vie privée, non ? Alors qu'ils couchent ou pas...

Il fut question d'un élu de Paris d'une certaine couleur politique qu'une patrouille avait arrêté alors qu'il chiait sur un trottoir dans le but de faire accuser les chiens. C'est d'autant plus fascinant, cette haine des crottes de chien, que chez ce type tout rappelle la merde et lui-même semble un transfuge, un étron tentant de se faire passer pour un homme. En tout cas, il n'avait pas eu de bol, s'étant fait surprendre par le brigadier Cari Loetz, ami inconditionnel des chiens et propriétaire d'une flopée de bâtards qui s'ébattent dans son pavillon de Franconville. L'élu, qui risquait gros, avait accepté comme punition de mettre sa langue et de fouailler dans l'anus du chien d'un clodo, l'animal restant perplexe en recevant cette caresse buccale de l'ennemi juré de l'espèce canine. Un Polaroid existe, il fait la joie des délégations étrangères...

Puis Hautes-Études raconta aux autres de vieilles enquêtes des années 70. Bien que les connaissant, je revivais avec nostalgie ce qu'il racontait.

— Le Duck, on était avec ton frangin, Mamadou[1]. On avait des consignes de silence radio absolu, cependant, ton frangin avait pas mal picolé. C'était une sombre histoire, mais le nom de code du suspect était Bébé Phoque, le central étant Charly Base et nous Alpha II. Le problème, c'est que le ministre de l'Intérieur de l'époque, cette grosse truie de Poniatowski, avait voulu participer à l'opération pour frimer devant les médias. Donc, ton frère roupillait au volant quand Bébé Phoque est monté dans sa caisse. Je donne un coup de coude à Mamadou, il se réveille, pige la situation, oublie les consignes et gueule à la radio : « Alpha II à Charly Base : Bébé Phoque en vue, le prenons en charge mais putain, les gars, c'est quoi ce boxon vu que votre Bébé Phoque il a plus un poil sur le caillou et qu'on dirait pas un Bébé Phoque mais ma bite quand elle sort de son premier sommeil, vous savez, elle ouvre qu'un

1. Tué aux côtés de Padovani dans *La Théorie du 1 %*.

œil, celui du milieu par où elle pisse aussi, vous m'avez parfaitement compris, tas d'enfoirés »... et ça a duré cinq minutes comme ça !... Oh ! le scandale !...

— Comment vous vous en êtes tirés ? demanda le Duck, ému à l'évocation de son grand frère.

— Padovani a intitulé ça : « Comment contrôler une situation lorsque le silence radio a été rompu. » Ça n'a trompé personne qu'il repêchait un de ses hommes mais bon, c'était Padovani, alors...

Primerose se souvint d'une autre affaire :

— On avait touché un jeune officier de police vraiment très nase. Le type avait été nageur de combat mais ça l'avait tellement traumatisé qu'il n'osait même plus prendre un bain de siège. Bref, avec une seule voiture, on suivait un suspect et notre nase était tellement distrait qu'il le double. Je me souviens encore du ton pète-sec de Padovani : « Félicitations, lieutenant ! Nous sommes sûrement les premiers flics au monde à faire une filature en précédant le véhicule que nous sommes censés suivre. Voilà qui va relancer votre plan de carrière. »

Le Duck enchaîna :

— Et toi, Hautes-Études, quand t'avais arrêté ce mec dans l'affaire Vergnes. On savait qu'il avait fait le coup mais on n'avait aucune preuve. Vous savez ce qu'a fait Hautes-Études ?

— Non !... fit le chœur.

— Il lui a arraché sa moumoute en disant : « J'aime pas les perruques, ça cache quelque chose ! » J'étais un jeune flic, j'avais jamais vu pareille mauvaise foi.

Des noms revenaient, des visages. Beaucoup de morts. Ils ressuscitaient quelques instants avant de retourner à l'ombre du tombeau et de l'oubli.

— Et Sciassa, vous vous souvenez de Sciassa qui a été tué lors du hold-up de l'avenue de Breteuil ?

Qui pouvait s'en souvenir, j'étais le seul à l'avoir connu. Primerose marqua un peu le coup mais reprit :

— C'était un très beau mec, Sciassa. Un Corse qui était officier de police principal. Un jour d'inspection, il se fait surprendre avec une nana, un témoin, en train de lui tailler une pipe. Conseil de discipline !... Et vous savez ce qu'il ose leur dire avec son accent corse traînant ? « Eh, je me suis sauvagement fait fellationner par le témoin... » Oh, le néologisme !

On dégringolait dans les regrets du temps passé. Ça finit toujours comme ça. Je ne disais rien, mais cette ronde de morts me foutait le spleen. La nostalgie, quelquefois, c'est aussi indigeste qu'un café filtre dans un train Corail. Tiens, ce Sciassa, il voulait être incinéré, il ne voulait pas qu'on le déterre dans cinquante ans en balançant ses os à la fosse commune. Il disait : « Eh, c'est personnel, les os ! »

La fatigue me tombait dessus. On ne se sent jamais aussi seul, parfois, qu'au milieu de ses amis. Je me souvins d'un champ de tournesols lors de vacances en Charente. Tous ces braves cons de tournesols regardaient du même côté, vers le soleil. Tous sauf un. Je ne pensais pas qu'on puisse se prendre de sympathie pour un tournesol rebelle et indépendant...

J'avais mal à mes doigts cassés, une terrible envie de dormir et une angoisse à grimper aux murs. Je n'avais pas flippé comme ça depuis très longtemps.

Je fis un effort, mais vers 22 heures je me levai.

— Continuez la petite fête, moi j'y vais. Prenez tout ce que vous voulez, tout ce qui vous fait envie, videz la cave si vous le désirez. Malheureusement, soyez demain à 8 heures au bureau. Et en forme. Cette nuit, laissez les portables branchés et soyez prêts à rallier la place d'Italie en cas d'urgence. Mais, une fois encore, éclatez-vous, ça me fait plaisir et vous l'avez tous mérité. Je suis fier de vous, c'est un honneur de travailler avec une telle équipe. Ah, bien sûr, ne vous occupez pas de l'addition.

Je lançai les clés de ma voiture blindée à Hautes-Études.

— Je prendrai un taco.

J'avais fait apporter du Cristal Roederer et puis j'étais parti très vite, sans serrer les mains parce que je crevais de peur, je ne voulais pas les toucher bien que je les aime.

Il ne pleuvait plus mais les trottoirs luisants réfléchissaient les enseignes lumineuses qui clignotaient. C'est féerique, Paris après la pluie.

Un bruit de pas à ma hauteur. Je ne tournai pas même la tête, j'avais bien entendu deviné.

— Salut, Gretchen. Fatiguée aussi ?

— Tu étais triste, ce soir. Triste et angoissé.

— Je suis un sale con, je le sais parfaitement et, vois-tu, je ne peux rien y changer : même les fêtes, surtout les fêtes, me foutent le cafard. Je suis un asocial, un vieux loup solitaire, un mec qui n'imagine la vie qu'en solo avec sa nana. Pour un type de gauche, c'est pas très fort, hein ?

— C'est un peu contradictoire. Mais tu sais, il y a solitaire et solitaire. Quand un con s'isole, tant mieux. Quand c'est un mec fascinant, on touche au rêve, à tout ce qu'il pourrait donner, s'il le voulait...

— J'ai peur des autres, c'est pas fort. Mais pas des femmes... Une femme, c'est une religion ; on la sert à genoux et, pour dire la messe, il n'y a qu'un officiant.

Elle me prit la main. Nous marchions avenue Matignon. Silencieux. Élégante, bien à sa place ici, Ulrike m'évoquait un vaisseau de haut bord.

Je ne dis plus rien. J'avais trop de pressentiments pour le lendemain. Ces trucs, c'est comme les rhumatismes quand le temps change : demain, tout serait fini, je le savais. Mais je sentais aussi qu'il y aurait beaucoup de casse. Je pensais à mon équipe : Hautes-Études, Primerose, le Duck, Flo, Brégégère, Le Guen... Cette soirée, c'était à cause de cela. En fait, je le savais depuis des heures, et je l'avais ressenti comme un coup de poignard au cœur lorsque j'avais avalé ma première gorgée de Cristal Roederer en voyant tous ces visages que j'aimais et en pensant qu'il en manquerait le lendemain.

Ulrike héla un taxi. Elle donna d'abord son adresse.

Je posai ma tête sur son épaule et ma main sur sa cuisse, sous la robe. C'était chaud et rassurant.

Le taxi stoppa devant chez elle.

Elle me regarda.

— Viens. Nous allons peut-être nous faire tuer demain...

— Non, je vais dormir à l'hôtel de police. J'ai un lit de camp, là-bas. J'ai besoin d'être seul, Ulrike, de réfléchir...

Je fis signe au chauffeur de démarrer.

27

Mardi 5 novembre. Jour de deuil national. Température : 0 degré. Demandeurs d'emplois : 2 371 504. Bourse : cotations interrompues. Grèves : SNCF, La Poste, Éducation nationale : peu suivies.

5e jour...

Ils attaquèrent à minuit vingt, au lance-grenades, expédiant trois incendiaires dans une boîte de nuit à la mode. Bilan : onze morts.

À 1 h 10, ils détruisirent une centrale électrique. Deux morts.

À 2 h 20, un dépôt d'essence de la proche banlieue flamba comme une torche : deux morts, un disparu.

Entre 2 h 30 et 4 heures, plusieurs ouvrages d'art furent endommagés, un dépôt d'autobus incendié, deux casernes parisiennes attaquées au lance-grenades, trois commissariats de police soufflés par l'explosion de voitures piégées ainsi que le rez-de-chaussée de la Banque de France. Bilan de ces opérations : huit morts, un blessé dans un état désespéré.

À 4 h 15, l'appartement du sénateur Gentius, au deuxième étage d'un immeuble de la rue Guynemer, subit une attaque au lance-roquettes. Le sénateur et son épouse furent tués sur le coup.

À 4 h 45, un passant découvrait l'acteur Gérald Maladieu empalé sur les hautes grilles du jardin du Luxembourg. L'imposante et défunte vedette, nue, était très droite sur ses pieux. Cela ne tenait pas à la rigidité cadavérique mais au fait que sa colonne vertébrale avait été renforcée par deux longues barres de tungstène. Par dérision, le cadavre tenait dans une main un chocolat glacé de marque Miko et dans l'autre un cornet de pop-corn. Le spectacle ainsi offert, un gros homme nu empalé tout là-haut sur les pointes d'une grille avec à la main son Esquimau et un air un peu niais, était déconcertant.

À 4 h 58, on signalait devant le square Le Gall le corps décapité du capitaine et gardien de but de l'équipe de France de football. Sa célèbre tête chauve, rendue presque méconnaissable, avait servi de ballon à des inconnus.

À 5 h 5, on découvrait un crucifié en soutane place de l'Estrapade. Il s'agissait d'un très vieux curé, fondateur d'une association humanitaire et par ailleurs fort médiatique. Par dérision, les assassins l'avaient coiffé du bonnet des hérétiques.

Entre 5 h 10 et 6 heures, on déplorait quelques attaques au lance-roquettes, la mort d'un nouveau sénateur et de trois députés, d'un ancien ministre et d'un leader écologiste dont le corps écartelé avait été peint en vert fluo.

À 6 h 30, la tour ronde d'une célèbre chaîne de télévision subissait une attaque sévère au lance-roquettes. Trois vigiles furent tués. La chaîne interdit aux autres chaînes de venir filmer *ses* ruines.

Et la « nuit bleue » s'acheva là-dessus, comme si

les terroristes avaient décidé d'aller se coucher. Comme tout le monde.

*

J'avais dormi deux heures sur le lit de camp installé dans mon bureau. Je ne me souvenais plus de mes rêves, mais ils me laissaient une impression désagréable, morbide. En outre, j'avais mal à la tête et une sorte de rhinite, sans parler du fait que j'étais aussi crevé qu'avant ces deux heures de sommeil.

Ce fut Ulrike qui vint me réveiller, comme seules les femmes savent le faire.

Elle apportait un plateau avec café, lait, sucre et croissants.

Elle était spécialement ravissante. Petit caraco noir, chemisier blanc en soie et dentelle, jupe noire assez courte, collant noir et bottes cavalières d'un rouge tirant sur le bordeaux.

Je me redressai légèrement, appuyé sur un coude.

— C'est trop adorable, Ulrike.

— Il manque quelque chose ?... Jus d'orange ? Vitamines ?

— Oui, un tube d'Efferalgan et un verre d'eau.

Elle connaissait bien mon bureau, trouva immédiatement le tiroir qui me servait de pharmacie et ma réserve d'eau minérale. Elle revint rapidement avec une boisson pétillante et me fit un compte rendu succinct des deux premiers attentats. Il était alors environ 1 heure du matin.

J'avalai l'Efferalgan en grimaçant, engloutis un croissant et deux tasses de café coup sur coup puis me levai. Je portais un tee-shirt kaki et un caleçon anglais à motifs écossais.

Elle me parla des tueurs tandis que je prenais dans un placard un costume de rechange, une chemise propre et du petit linge. J'affichai un optimisme de façade.

— Tu verras qu'à leur procès ils parleront de leur enfance malheureuse, quelque chose comme : « Personne ne m'aime, nul ne me comprend. » C'est le genre d'histoire que j'affectionne tout particulièrement et, aux assises, c'est toujours le meilleur moment.

Elle me regarda.

— Padovani, il n'y aura pas d'assises, pas de procès.

Je m'immobilisai, la chemise à la main.

— Je sais !... répondis-je avec gravité.

— Pourquoi tu n'es pas venu chez moi, tout à l'heure ?

— Prends une chaise.

Je m'assis sur le lit de camp, elle dans mon fauteuil tournant. Nous étions face à face. Elle croisa les jambes, sachant ce qu'elle faisait. Un jour, je m'étais laissé aller à parler d'un de mes phantasmes : apercevoir une ravissante petite culotte blanche sous un collant noir. Je sais, c'est sûrement d'un goût discutable mais bon, ça m'électrise complètement, j'ai toujours envie d'aller y voir de plus près.

Donc, Ulrike était face à moi, jambes croisées et ce que je voyais me troublait, mais pas au point de renoncer à mon petit discours.

— Ulrike, il y a des femmes qui veulent tirer un coup, exactement comme on le dit des mecs. Je n'ai pas de jugement négatif là-dessus, j'ai toujours respecté le désir et puis, si des hommes le font, les femmes ont bien entendu les mêmes droits. On est d'accord ?

— Où veux-tu en venir ?... demanda-t-elle avec méfiance.

— À ceci : c'est pas parce qu'on a des droits qu'on est obligé d'en user. L'aventure sans lendemain, j'ai passé l'âge et puis ça n'a jamais été mon truc. Plus important : il y a des femmes avec lesquelles on ne pense pas immédiatement à ça.

— Celles qui ne te plaisent pas ?

— Bien sûr que non !... Je pense à celles qui ont éveillé autre chose en toi, qui t'ont troublé, ému, attendri... Celles que tu as envie de protéger. Lorsqu'une femme t'inspire quelque chose de semblable, tu ne tires pas un coup vite fait. Ça demanderait tellement plus, un tel investissement de temps et d'affect que c'est tout simplement impossible. Enfin, pour moi.

— Tu parles en égoïste. Et si tu ressens ces choses et ce respect mais que cette femme, elle, a envie de faire l'amour ?

— Eh bien, c'est que ça ne marche pas en osmose, elle et moi.

— C'est terriblement injuste.

— C'est l'amour. Qui a dit que c'était simple ?

— Tu t'en tires facilement...

— Fais pas ta tête de Boche, Ulrike !

— Macaroni !

— Bon, en attendant, ouste. Je vais aller prendre une douche dans le vestiaire des gardiens de la paix.

— Tu vas te promener en caleçon dans l'hôtel de police ?

— Pourquoi pas, il est adorable mon caleçon, non ?

*

Après, il me fallut suivre les terroristes à la trace, c'est-à-dire passer derrière eux tel un agent d'assurances faisant un relevé des dégâts et un état des lieux.

Il en fut ainsi toute la nuit.

La matinée passa comme un mauvais rêve. Deux réunions, la presse, Huguette et son gang de caractériels, une grande boîte de chocolats Godiva apportée par les parents du petit Joachim qui fit la joie de l'aile féminine de l'hôtel de police, la BBC qui me coinça à l'entrée du parking...

Enfin, Nollet me remit les portraits-robots des deux lieutenants de Malinovski. Un premier était identifié, grâce aux Anglais : Mahmoud Tabaqjili. Le deuxième le serait une demi-heure plus tard : Watban Kazar. Des durs de la Garde républicaine, spécialistes du sabotage et des destructions. De grands professionnels.

Tout cela m'empêchait de réfléchir alors que je devais changer de positionnement dans le bras de fer qui m'opposait aux terroristes. Et, de fait, la Brigade criminelle était mal engagée. Nous étions sur la défensive, nous ne trouvions pas d'indices, les balances restaient muettes.

La véritable question était celle-ci : que voulaient les terroristes ? Faire expier quel crime à la France, bien au-delà du cas Malinovski ? Nous avions la cote au Moyen-Orient depuis les positions officielles de la France s'opposant aux Américains. Alors ?

Tout cela ne collait pas.

Trois officiers supérieurs, trois colonels, et pas de menu fretin ?... Aucune délégation vers les OS de la terreur ?... Pas de commissionnaires, pas de petites mains ?...

Techniquement, c'était bancal.

Autre chose encore : même si la règle souffre des exceptions, il est rare que les véritables fanatiques prêts à risquer leur peau se recrutent dans les hautes sphères de l'armée. Arrivé au sommet, les idées, l'enthousiasme et la détermination se sont émoussés. Trop de compromis, trop de petites ou grandes capitulations, trop de renoncements sont finalement venus à bout de la foi des premiers temps.

Cela non plus ne collait pas.

Je sentis que j'étais sur la bonne voie mais il y avait un souci : avec le rythme infernal de leurs attentats, les terroristes, certainement à dessein, m'empêchaient de penser.

Et ce qui arriva en plein cœur de Paris à midi quinze ne me simplifia pas les choses.

28

Il était très exactement midi quinze lorsque la benne à ordures s'arrêta devant la Bourse.

À cette heure précise, un mouvement d'inversion se produit : les bureaux alentours se vident, les rues se remplissent. Secrétaires, employés, personnels de bureau, tous ne prennent pas d'assaut les petits restaurants du quartier. Par souci d'économie, certains se contentent d'un sandwich ou d'un panini et la plupart, après des heures d'enfermement, ont pour habitude d'effectuer une balade dans le quartier en s'arrêtant devant les vitrines.

Les conditions climatiques s'y prêtaient : température de 0 °C, trottoirs secs. Certes, on annonçait d'importantes chutes de neige pour l'après-midi, ce que confirmait la teinte gris étain du ciel, mais cela ajoutait au désir de profiter de l'accalmie le plus longtemps possible.

Dans ce contexte, ni les personnels de bureau ni les boursiers descendant hâtivement les marches de l'escalier du temple de la finance ne portèrent attention à la benne à ordures verte qui se garait le long des grilles de la Bourse.

Et quand bien même un œil scrupuleux eût

observé le lourd véhicule, il n'aurait rien relevé qui soit de nature à éveiller ses soupçons.

En effet, la benne sitôt garée, le chauffeur vêtu de la tenue verte des éboueurs descendit du véhicule. Il en fit le tour dans l'indifférence générale, concentrant son attention sur les pneus dont il éprouva le gonflage en donnant un léger coup de pied à chacun d'eux. Après quoi il s'éloigna, l'air soucieux.

Il parcourut une cinquantaine de mètres et s'arrêta pour allumer une Winston en mettant ses mains en auvent. Il n'est cependant pas douteux que Watban Kazar, effectuant un léger mouvement rotatif pour protéger la flamme du briquet, en profita pour surveiller les alentours.

Apparemment satisfait, il reprit sa marche jusqu'à une banale Mobylette bleue qu'il enfourcha après avoir ôté l'antivol.

Puis il engagea son deux-roues sur la chaussée sans que nul ne lui prêtât attention.

Et c'est bien dommage.

*

Dans le quartier hautement stratégique de l'ambassade des États-Unis, l'autre benne à ordures n'éveilla aucun soupçon. Ni elle ni son chauffeur, Klement Malinovski, portant perruque châtain foncé et moustache postiche.

On ne remarqua pas davantage, tout du moins au début, la grosse Hyundai blanche qui précédait la benne. Son chauffeur, Mahmoud Tabaqjili, avait rasé sa moustache. Tout comme Watban Kazar, au reste.

Les deux Irakiens avaient davantage souffert et

s'étaient sentis beaucoup plus meurtris par cet adieu à leurs moustaches que par les centaines de morts dont ils étaient responsables.

On a les douleurs qu'on peut...

Dans la rue Saint-Florentin, le trafic était fluide. Ni les gendarmes français ni les agents américains en civil ne s'émurent lorsque la grosse Hyundai cala.

D'autant moins que, après un léger cafouillage qui fit hurler le démarreur — le moteur tournant toujours —, la grosse voiture coréenne sembla prête à repartir. Plus singulier fut ce qui arriva ensuite, filmé par une caméra de surveillance perchée sur le toit de l'ambassade américaine. À la vérité, il sembla qu'un seul homme ait compris la situation sans pour autant réussir à empêcher la catastrophe.

L'agent spécial Ernie Mac Intyre, qui jouait les faux piétons rue Saint-Florentin, réagit dès que la grosse Hyundai cala. Il avait été formé ainsi dans un monde étroit, précis et soupçonneux et, pour lui, on ne pouvait tout simplement pas caler son moteur devant l'ambassade des États-Unis à Paris. Au reste, la CIA avait élaboré une statistique prenant en compte des paramètres aussi compliqués et diversifiés que la longueur de la rue Saint-Florentin, le nombre de véhicules/jour, la densité du réseau routier parisien et bien d'autres encore.

Le chauffeur de la voiture coréenne était de type moyen-oriental, ce qui renforça les soupçons de Mac Intyre. Il allait porter la main à son arme lorsqu'il vit avec stupéfaction le chauffeur français de la benne à ordures qui suivait sauter de son siège et se diriger à grands pas vers la Hyundai.

Le cerveau de Mac Intyre fonctionnait tel un ordinateur recevant un flot d'informations qu'il fallait analyser dans le but de trouver une cohérence à l'ensemble.

Ainsi, l'irascibilité du chauffeur de la benne lui parut très excessive. Si excessive même, qu'elle se situait hors du champ de la normalité : on ne descend pas de son véhicule pour aller demander des comptes à un type qui, par une fausse manœuvre, vous a fait perdre une poignée de secondes.

Pour Mac Intyre, un des sujets de l'Agence noté « très brillant », le problème évoluait de seconde en seconde. Analysant magistralement les faits, tenant pour acquis que la fausse manœuvre du conducteur *arabe* de la Hyundai n'était pas naturelle, et pas davantage celle du chauffeur de la benne à ordures, il cherchait à établir une corrélation entre ces deux situations d'une part et, d'autre part, entre les deux hommes.

Des mots d'abord flous commencèrent dans son esprit à voir leurs contours trouver une assise : « complot criminel ».

Ernie Mac Intyre sortait son arme lorsque la porte de la Hyundai s'ouvrit de l'intérieur et que le chauffeur de la benne s'y engouffra en se jetant sur le siège passager.

Mac Intyre ne perdit pas une précieuse seconde à tenter de poursuivre ceux qu'il tenait pour des terroristes. Effectuer deux choix à la seconde, cela faisait partie du métier. « Full speed », disait souvent son instructeur à la CIA.

Déjà, les deux types ne l'intéressaient plus. On les retrouverait tôt ou tard. On y mettrait des millions de dollars, des milliers d'hommes et des centaines de jours, mais ces types ne leur échapperaient pas.

Le problème central de l'agent américain était la

benne elle-même, arrêtée juste devant l'ambassade US. Il fallait la bouger, la déplacer, ne serait-ce que de cent mètres, vers la rue Saint-Honoré. C'était dommage pour les Français mais, quel que soit l'endroit de la planète où se trouvaient des agents américains, la règle était la même : les citoyens des États-Unis d'abord.

Mac Intyre vit deux gendarmes mobiles français s'approcher. Pour des raisons de confidentialité des missions, les forces de police locale ignoraient qu'il était citoyen américain et agent de la CIA en service, si bien que Mac Intyre espéra que « ces types ne viendraient pas l'emmerder ».

C'était toujours la même chose, avec les Européens : de quoi se mêlaient-ils ?

— Hep !... S'il vous plaît !...

Mac Intyre décida d'ignorer le gendarme mobile qui l'interpellait ainsi et, d'un bond d'une remarquable souplesse, il sauta sur le marchepied de la cabine de la benne.

Voilà, il y était.

Sa main nerveuse trouva la poignée... qui résista. « Tiens, un système centralisé de verrouillage des portes », songea-t-il tandis que les pages des catalogues techniques des constructeurs de véhicules industriels défilaient dans son cerveau à la vitesse de la lumière.

— Descendez !...

Mac Intyre tint bon, ignorant toujours les gendarmes français.

L'évidence s'imposait : une telle chose n'existait pas. Donc, le verrouillage électronique avait été installé par les terroristes et déclenché par le chauffeur à l'instant où il quittait le camion pour gagner la Hyundai.

Maintenant qu'il était trop tard, trop tard pour agir, réfléchir et même trop tard pour vivre, Ernie Mac Intyre eut le temps de se dire que ces terroristes appartenaient au top du top du cashbox et qu'ils ne seraient pas neutralisés de sitôt.

Puis, dans une lueur aveuglante, il mourut sans même savoir qu'il mourait, qu'on ne retrouverait pas son cadavre et que dans son cercueil, parmi d'autres débris, on mettrait un morceau d'intestin du premier gendarme et le foie d'un touriste libanais.

Ernie Mac Intyre aurait détesté cela !

29

La bombe explosa à 12 h 15 min 8 s, juste devant les services consulaires de l'ambassade des États-Unis.

On découvrit très vite que l'explosif utilisé était sans doute un mélange du composite ayant servi pour le RER, de C 4-Ésogène et de Blasting Gelatine comprenant 92 % de nitroglycérine. On parlait d'une charge de 700 kilos à une tonne.

Quoi qu'il en soit, il ne restait rien dc la benne et, après quelques heures, les experts avaient déjà ramassé plus de six cents fragments métalliques.

C'est en cela, d'ailleurs, que l'idée d'une benne à ordures était spécialement diabolique. En effet, dès lors qu'on disposait d'un explosif exceptionnellement puissant et qu'on l'enfermait dans un réceptacle d'acier et de fonte aussi vaste qu'une benne à ordures, on multipliait d'autant le nombre d'éclats mortels. En analysant un fragment de 1 248 grammes, les experts devaient relever trois formules sanguines différentes. C'était la preuve que, compte tenu de la vitesse de l'éclat, de sa densité et de la force de propulsion, un seul fragment métallique de taille moyenne pouvait tuer plusieurs personnes avant d'achever sa course dans un mur de l'ambassade.

Dès leur arrivée, et sur la base d'une première estimation qu'il fallut, hélas, revoir à la hausse, les secours dénombrèrent une centaine de morts. Français faisant la queue pour obtenir des visas, piétons qui passaient, gendarmes, Marines US, fonctionnaires américains sortant de l'ambassade pour aller déjeuner, agents en civil des deux pays, automobilistes : tous furent littéralement hachés par la pluie d'éclats d'acier. Ce double attentat, puisqu'on ne saurait le dissocier de son « jumeau » qui eut lieu à la Bourse à 12 h 15 mn 19 s, soit onze secondes plus tard, devait faire date.

Ainsi, dans les écoles de sabotage, les « jumeaux » devinrent la référence suprême tandis que, par dérision, les membres de l'internationale terroriste ne disaient plus « ambassades US » mais « usines à steaks hachés ».

Bien que tout le monde s'en balance, il est à noter que le Premier ministre fut sur place huit minutes après l'explosion, raflant le maillot jaune de l'opportunisme au premier secrétaire du PS et au maire de Paris lesquels, il est vrai, partaient de plus loin.

*

Lors de la seconde étape de ce « Marathon de Paris » d'un genre particulier, étape qui trouvait son terme à la Bourse, le maire prit sa revanche. On ne dira jamais assez combien un élu de terrain, qui connaît son pré carré électoral comme sa poche, est avantagé quand la « stature nationale », par ailleurs grande vedette de la région Poitou-Charentes, est lourdement handicapée face au concurrent indigène.

Hormis la présence de barbouzes et de policiers en tous genres, et bien qu'on notât une représentation fléchissante des médias, le massacre de la Bourse fut aussi spectaculaire que celui de l'ambassade. Le nombre de victimes — déjà cent vingt dénombrées à midi trente — fut même supérieur, étant entendu que sur l'un et l'autre lieu des attentats, beaucoup de cadavres n'avaient pas encore été reconstitués.

Un grand journal financier, qui avait barré sa une d'un bandeau noir en signe de deuil, relevait parmi les victimes les noms d'Eugène Higelin, P-DG d'un groupe agroalimentaire de stature internationale ; Jacques Frot, P-DG de la Micro Corporation branche Nord-Europe, et de Norbert Elminger, de la Brincor International, numéro un mondial des négociants de matières premières.

Mohamed Benhamar, coursier âgé de dix-huit ans, n'eut pas les honneurs de ce journal, ni lui ni les autres victimes. Où l'on apprend que, faute d'affamer la planète, de la piller et d'exploiter les peuples, on n'est finalement pas grand-chose.

*

Il me fallait me montrer.

Bien forcé. Cela ne servait à rien, faisait perdre un temps qui eût été mieux utilisé ailleurs, mais ni les politiques ni les médias n'auraient admis l'absence du responsable de l'enquête sur ce qui ressemblait aux champs Catalauniques après la célèbre bataille.

J'étais venu à moto, histoire de perdre le moins de temps possible, et je me cramponnais tant bien que mal à Le Guen qui, je dois l'avouer, conduisait sa Harley comme un vrai fondu, allant jusqu'à insulter les flics — ses collègues —, ce qui augmenta sensiblement l'instinctive sympathie que je portais à ce jeune homme.

À la Bourse, évitant de marcher sur des lambeaux de cadavres, je dus repousser un vigoureux assaut d'Huguette qui espérait me traîner devant les caméras de télé. Je fis preuve de fermeté.

— Mes couil...

Puis, me reprenant in extremis :

— Il ne saurait en être question, Huguette.

— Pourquoi Huguette ?

— Pourquoi pas Huguette ?

N'ayant plus rien à perdre, elle tenta l'approche désespérée :

— Padovani, je... Il faut... Il faut que je vous fasse une confidence sur... sur... Oh ! et puis rien !

— Pensez-vous que je saurai garder un si lourd secret, Huguette ? dis-je avant de tourner les talons.

J'allais quitter la Bourse lorsqu'un jeune journaliste qui s'était introduit dans le périmètre de sécurité me demanda aimablement :

— À quoi vous servez, commissaire Padovani ?

— Chez moi, la période existentialiste fut assez brève et je ne me pose plus guère cette question.

— C'est pas une réponse.

— Ce sera pourtant la mienne.

— Dans cette affaire, vous semblez être toujours à la traîne.

— L'héroïsme des combats d'arrière-garde vaut la bravoure des charges à bride abattue, jeune homme.

Et je le plantai là, certain qu'il me ferait un très mauvais papier.

Puis, montant en selle, je regagnai dare-dare l'hôtel de police de la place d'Italie.

C'était là, quelque part sous nos yeux, que se trouvait la réponse à mes questions.

*

Hautes-Études, le Duck et Florence assistée depuis peu d'Ulrike étaient scotchés à leurs ordinateurs depuis des heures. Comme les jours précédents, dès que nous avions un moment. Ce supplément de boulot, s'ajoutant à leur manque de sommeil, leur tirait davantage les traits.

Je ressentis une grande commisération en faisant le tour des bureaux où chacun se débrouillait avec la consigne plutôt floue que j'avais donnée : « Cherchez le truc extraordinaire qui pourrait se produire à Paris ces jours-ci. »

Congrès politiques ou syndicaux, réunions religieuses, manifestations sportives, partouzes dans les catacombes et mille autres choses, tout était analysé dans une seule optique : cela pourrait-il intéresser les terroristes ?

Le Duck me jeta un regard désolé.

— Je regrette, je vois que dalle. Négatif sur toute la ligne.

Le regard de Hautes-Études ne valait guère mieux.

— Rien de significatif. Un petit mouvement fasciste qui se réunit demain dans la cave aménagée d'un restau proche de la gare de l'Est mais, d'après les RG, c'est du petit gibier... Dans une semaine, les dirigeants d'une secte axée sur la bouffe bio et le soleil se retrouvent à Bondy mais eux aussi n'ont pas la pointure. Désolé, Padovani, mais je ne trouve rien.

— Continue, vieux... Je ne vois pas ce qu'on pourrait faire d'autre, maintenant.

Perplexe, j'entrai dans le minuscule bureau de Florence. Ulrike était à ses côtés depuis quelques minutes.

— Rien ?... demandai-je.

Ulrike secoua négativement la tête, mais je suis à la Criminelle depuis assez longtemps pour saisir ces petits riens qui font les grandes différences.

J'avais senti chez Florence une très légère hésitation.

— Florence, aussi con que ça puisse vous paraître, si quelque chose vous a chiffonnée, dites-le-moi.

Elle secoua négativement la tête.

J'insistai :

— Florence, votre peur d'être ridicule, qu'est-ce que ça pèse devant des centaines de cadavres ? Alors dites-moi à quoi vous pensez.

— Eh bien... Ça n'a, hélas, rien à voir avec la politique !... Rien du tout.

— On s'en fout. Dites.

— Ce qui a éveillé mes soupçons, c'est quand j'ai vu que même la Lloyd n'avait pas voulu assurer un truc aussi fou.

Mon cœur se mit à battre à toute vitesse. Elle reprit :

— C'est un groupement d'assureurs américains, suisses et allemands qui s'est réuni d'une façon vraiment circonstancielle pour assurer ce machin extraordinaire.

Voilà, comme toujours, après la tempête et son summum, il me venait un grand calme, une voix posée, un ton mesuré :

— Florence, c'est un tout petit peu confus ou bien je suis trop fatigué... De quoi s'agit-il ?

— Je me sens un peu ridicule quand même, monsieur le divisionnaire. C'est une drôle d'histoire. Si je n'étais pas juive, je ne sais pas si ça m'aurait frappée.

— Racontez-la-moi, cette histoire.

— Eh bien... Samuel Loewenstein, ça vous dit quelque chose ?

Je cherchai désespérément : rien. Autant ne pas finasser :

— Qui est-ce ?

— Il a été le plus grand diamantaire du XXe siècle. Il est mort à Amsterdam en 1954.

Cela me paraissait bien loin par rapport à notre activité mais j'avais flashé sur « le plus grand diamantaire du XXe siècle ».

Elle poursuivit :

— En 1923, fuyant les pogroms, c'est à Paris qu'il a trouvé refuge. Il a adoré cette ville, elle était pour lui la liberté, la beauté, le contraire de la vulgarité et ça, il ne l'a jamais oublié. Il était arrivé sans un sou mais il avait beaucoup plus : un savoir-faire incomparable. Dans sa famille, on achetait, taillait et vendait des diamants depuis cinq générations. À regret il dut quitter la France, place peu favorable, pour se partager entre Londres et Amsterdam. En trente ans, il avait fait fortune, il a des intérêts partout, depuis les mines jusqu'aux plus luxueux joailliers et il a réuni la plus belle collection privée du monde. Et la famille, les héritiers, sont bien décidés à faire respecter les dernières volontés du créateur de l'empire.

— Quelles sont-elles ?... demandai-je d'un ton presque neutre.

— Pour le cinquantenaire de sa mort, réunir à Paris la plus belle exposition privée qu'on ait jamais vue. Privée !... Une centaine d'invités seulement. C'est pour ça qu'il n'y a aucune pub.

— Quand ?

— Après-demain.

Elle hésita, chercha mon regard et ajouta :

— Mais les diamants, eux, arrivent aujourd'hui...

30

Notre médecin, sympathique mais chiant, avait collé sur mes doigts cassés une espèce de pâte et un pansement à la fois serré mais souple, « en attendant mieux ».

— Revenez demain sans faute, monsieur le divisionnaire.

Marrant, ce type. Il savait que nous affrontions des terroristes de très fort calibre mais affectait de croire que je me rendais à un thé dansant. Sa façon de dédramatiser, sans doute.

Hiérarchiquement, il m'était impossible de ne pas aviser le directeur de la trouvaille de la merveilleuse Florence. Il ne lui fallut que dix minutes, record battu, pour se retrouver tout frétillant dans mon bureau.

Bien entendu, l'idéal eût été de placer un « mouchard » dans le chargement de diamants et de surprendre les terroristes au gîte.

Deux raisons, cependant, s'y opposaient.

La première, celle que j'avançais moi-même, tenait au fait qu'en procédant ainsi nous laissions s'accomplir le hold-up. Connaissant la manière très brutale des terroristes, cela signifiait immédiatement des morts.

Le directeur considéra cet argument comme « très périphérique par rapport à la problématique centrale ».

Diable !

Prenant un air rusé, mon interlocuteur expliqua :

— En outre, les ayant « logés », nous serions dans l'obligation d'envoyer les gugusses du RAID.

— C'est leur boulot, monsieur le directeur. C'est des cogneurs, pas des conceptuels. Je ne suis pas d'accord avec vous !

Il secoua la tête en souriant.

— Padovani !... Enfin !... Vous avez fait de l'excellent boulot, une fois encore !... C'est donc à vous, et à travers vous à la Brigade criminelle de neutraliser les terroristes. Et c'est à nous de ramasser la mise !

— Monsieur le directeur, vous êtes conscient que ce serait nous envoyer au casse-pipe ?

— Vous dramatisez.

— Je refuse. Sauf si c'est un ordre !

— Alors c'est un ordre.

— Je ne vous remercie pas, monsieur le directeur.

— Faites votre devoir, commissaire.

*

J'étais sans illusions, le sang allait couler. J'en étais à me demander s'il n'eût pas mieux valu que Florence ne fasse pas sa trouvaille.

D'un autre côté, comment avions-nous pu passer à côté d'un événement pareil ? Nous, c'est-à-dire toutes les polices, les Services spéciaux et même la presse ? La plus fabuleuse exposition de diamants de tous les temps. Expo privée, une centaine d'invités, un service de sécurité d'élite et pas de presse. C'était sans doute là que le bât blessait : la discrétion entourant l'événement. En outre, les contre-feux allumés par les terroristes avaient merveilleusement marché puisque toute l'attention des services de police était mobilisée sur les attentats.

Malinovski et ses petits copains savaient que leur piège fonctionnerait.

Comme ils savaient que les héritiers Loewenstein maintiendraient coûte que coûte l'exposition, cette famille étant connue pour sa rigueur morale.

Le trio de crapules galonnées avait réalisé un coup superbe où ils ramassaient à tous les guichets. Financement par Saddam Hussein. Logistique, dont la plupart des explosifs, fournie par une puissance étrangère voisine de l'Irak. On grattait sur tous les postes et on finançait sa propre opération sur les diamants avec l'argent des autres, ces involontaires bailleurs de fonds terroristes. Dans le cas de Malinovski, on se payait en outre une petite vendetta personnelle.

Si tout marchait comme prévu, les trois colonels allaient faire main basse sur un trésor tel que ni Alexandre, César, Attila, Napoléon ou Hitler, aucun roi, empereur ou pharaon n'en avait jamais possédé.

*

Nous avions fait notre jonction avec l'escorte à Arras, tous les huit répartis dans nos deux voitures blindées, les coffres bourrés d'armes et de matériel de guerre.

Le responsable de l'escorte officielle était le commissaire divisionnaire Luynes, une tête de con balladurien avec lequel je ne m'entendais pas. Par chance, ni lui ni moi ne cherchions les histoires, trop conscients que nous avions un ennemi commun qui voulait tout simplement nous faire la peau si nous nous mettions en travers de ses projets.

Les diamants, rassemblés à Amsterdam, avaient d'abord voyagé en avion jusqu'à la frontière belge, atterrissant sur un minuscule aérodrome où les suiveurs éventuels devaient perdre la trace. Mais on ne pouvait se fier trop longtemps à l'avion, trop vulnérable aux missiles sol-air. Même après une explosion de zinc, il n'eut pas été difficile de récupérer les diams dans leurs petits coffres blindés. En outre, de telles pierres supporteraient le choc : le diamant est le plus dur de tous les minéraux naturels et ne peut être rayé que par lui-même !

De là, on était passé au transport par route.

Aucun incident n'était à signaler lors de cette seconde phase. Le dispositif était impressionnant : sous la surveillance d'un hélico, quatre motards ouvraient la marche, suivis d'une voiture de police, d'un fourgon cellulaire, d'une seconde voiture de police et de deux autres motards.

L'astuce venait du fait que les diamants se trouvaient dans le fourgon cellulaire. Celui-ci justifiait l'escorte et, par sa nature même, indiquait qu'il ne pouvait s'agir d'autre chose que de prisonniers. Des prisonniers sans doute importants, mais rien que des prisonniers.

En commun accord avec Luynes il avait été décidé que les deux véhicules de la Brigade criminelle rouleraient à distance de l'escorte, tel un second échelon. Nous avions le rôle peu enviable de la cavalerie d'appoint.

Tous nos véhicules étaient équipés de radars mais il était plus que probable que Malinovski en possédait lui aussi, comme il devait disposer d'un scanner. Nous renonçâmes donc à nos fréquences habituelles pour ne communiquer que par nos portables et seulement en cas d'urgence extrême.

Nous n'avions pas parcouru vingt kilomètres depuis Arras qu'une véritable tempête de neige dégringola d'un ciel tourmenté.

Ce fut la neige qui fit notre malheur...

Le convoi avait sensiblement ralenti l'allure et les véhicules roulaient phares allumés. L'hélico tira sa révérence dès les premiers flocons. La conduite rendue aventureuse, les distances n'étaient pas respectées. Les motards, surtout, peinaient énormément.

Le trio nous attendait dans un endroit très improbable et tout de même assez loin de Paris. Trop loin pour que les convois de gendarmes et de CRS déroutés vers nous de toute urgence puissent nous rejoindre à temps.

Nous pensions qu'ils nous attaqueraient depuis une aire d'autoroute, ils se contentèrent d'un virage assez marqué.

C'était une attaque audacieuse, mais de conception classique. Ils avaient deux tireurs d'élite, Malinovski et Watban Kazar. Chacun d'eux était équipé d'un fusil Präzisionsschützengewehr PSG-1 de la célèbre firme Heckler & Koch. Une belle arme, rare sur le marché, utilisant du calibre 7,62 mm, dotée d'une culasse rotative, d'une lunette de grossissement 6 × 42 et, surtout, d'un réticule lumineux gradué de cent à six cents mètres.

Ils eurent tôt fait d'abattre les six motards, ne leur laissant pas l'ombre d'une chance.

Tous les véhicules de l'escorte, et le fourgon lui-même, appliquèrent la consigne : on braqua à droite pour se placer en épi, à quarante-cinq degrés par rapport à la bande d'arrêt d'urgence.

Et c'est là que nous eûmes la satisfaction d'entendre les rotors de notre hélico.

Satisfaction de courte durée, car l'hélico qui bravait la tempête n'était pas à nous. Couleur gris fer sans aucun écusson ou insigne distinctif, de conception soviétique tel qu'il pouvait nous apparaître à travers la neige, il était en position stationnaire mais agressivement tourné vers l'escorte.

Il n'était pas à nous. C'est vrai, nos pilotes d'hélico restent à la maison et nos appareils cloués au sol lorsqu'il neige.

Il faut croire que, dans les pays totalitaires, on a changé les règles et que Tabaqjili était un sacré pilote !

La première voiture de police fut soufflée par un missile air-sol, le deuxième véhicule, à bord duquel se trouvait Luynes, fut désintégré peu après.

Enfin, prenant tous les risques, Tabaqjili fit descendre l'hélico à quelques mètres du sol et ouvrit le feu sur le fourgon à la mitrailleuse lourde. Nos quatre collègues déguisés en matons furent coupés en deux.

Sur l'autoroute, juste derrière nous, les véhicules, suite à un ralentissement occasionné par les événements, se percutaient en série.

Bénéficiant de la protection attentive de l'hélico, Malinovski et Watban Kazar avaient jeté leurs fusils et couraient sur la bande d'arrêt d'urgence en direction du fourgon mitraillé.

Une série d'explosions se produisit assez loin en

arrière : le carambolage prenait des proportions infernales et des lueurs orangées indiquaient que des véhicules brûlaient.

Toujours au volant, immobile, j'attendais. Je voyais parfaitement Malinovski et Kazar. Ils posèrent du Sem-tex, l'explosif favori des terroristes, sur les portes arrière du fourgon.

J'attendais toujours. Il y avait un point critique, un seul, dans ce plan diaboliquement précis. Pour charger les mallettes de diamants et embarquer ses deux complices, Tabaqjili devait fatalement se poser sur l'autoroute. C'est là que nous pouvions les sécher, seulement là.

Comme si nous n'étions que de simples badauds, je descendis de voiture suivi d'Ulrike, Hautes-Études et le Duck. Dans la malle arrière du véhicule blindé se trouvait un bazooka et, celui-là, c'était pour moi. Pas par privilège mais parce que j'étais le seul à savoir m'en servir.

J'ai toujours aimé les bazookas et, à l'armée, je fus bien le seul à m'initier à cette arme extraordinaire. Qu'on comprenne bien, je ne suis pas fou des armes mais, celle-là, ce n'est pas pareil. Il s'agit au fond d'une sorte de tuyau balançant des charges creuses sur des blindés. C'est une arme modeste qui réclame du courage, un truc à six cents euros capable de bousiller un char lourd, merveille blindée bourrée de technologie à deux millions d'euros[1]. Et puis le « casseur de chars » est dans les armées modernes le dernier chevalier, le Siegfried de la légende qui s'en va dans une solitude définitive affronter le dragon...

1. Char Leclerc : 7 393 800 €. Char AMX 30 : 1 829 400 €. Prix de vente au 26 juillet 2003.

De tout temps, dans toutes les armées, le casseur de chars repéré par un équipage de blindé finit inévitablement sous les chenilles.

Le plan était simple : dès que l'hélico toucherait le sol, dès qu'il se trouverait en situation périlleuse, je le dégommerais sans pitié. Avec de la chance, nous pourrions même capturer Malinovski et Kazar.

Tout aurait dû se passer ainsi... Nous ne sûmes jamais exactement ce qui traversa l'esprit de Brégégère. À grade égal, il avait davantage d'ancienneté que Primerose et assumait donc le commandement.

De plus en plus inquiet, je les voyais s'engueuler en faisant de grands gestes dans l'autre voiture blindée qui brusquement s'élança.

Primerose est courageux mais réaliste : il comprit immédiatement que c'était du suicide. Il ouvrit la portière de la voiture en marche et s'expulsa avant de chuter durement sur l'autoroute.

Tabaqjili vit aussitôt le danger et l'hélico pivota légèrement avant de tirer à la mitrailleuse lourde. Un tir interminable qui bousilla les vitres blindées et malmena la carrosserie.

Nous avions compris et autant le dire sobrement : nous ne reverrions plus jamais les larmes de Brégégère, les ravissants battements de cils de Florence et le sourire niaiseux mais émouvant de Le Guen, le grand dadais à la Harley-Davidson.

Plus jamais.

L'hélico était dans mon axe, à une dizaine de mètres du sol. J'avais un tas de choses contre moi : cible assez éloignée, vent latéral fort, vision imparfaite de l'objectif. Mais je ne suis pas sicilien pour rien : je le tenais, tout en moi le savait et je fis feu.

Il explosa juste au-dessus du fourgon. En dessous,

inondé par le carburant incendié, deux hommes cramaient et se roulaient dans la neige pour tenter d'éteindre les flammes.

Nous nous élançâmes en courant.

*

Allongé sur le dos dans la neige, une jambe presque arrachée, le gilet pare-balles noirci, Malinovski avait ôté son casque et nous regardait de ses yeux bleus méprisants.

Je vis le Duck sortir son gros 45. Pour cette arme, il utilisait des balles blindées. Je savais ce qu'il allait faire. De toute façon, Malinovski était mourant, une affaire de minutes...

Je n'éprouvais rien pour Malinovski. C'est rare. La mort d'un homme me bouleverse toujours, mais pas cette fois. Celui-là avait été trop loin, et puis voilà tout. En ce moment même, dans des centaines de familles, des gens pleuraient ses victimes, et nous nos trois amis, alors c'était bien qu'il s'en aille, qu'il foute le camp de cette planète douloureuse.

J'étais heureux qu'il meure en songeant que lui, le surdoué, il s'était tout de même trompé. Une première fois en montant ce coup d'une témérité et d'une complexité inouïes, mais qui avait tout de même échoué à cause d'une petite commissaire stagiaire obstinée et d'un vieil ordinateur qui ne devait pas valoir plus de cent cinquante euros d'occase.

Sa seconde erreur, il venait de la commettre en disant au Duck :

— Tu n'oseras jamais tirer, négro !

Le Duck secoua la tête en souriant comme s'il était un peu embêté.

— T'as tout faux, ducon.

Et le Duck, de sang-froid, allongea vivement le bras et d'un même mouvement lui tira une balle en pleine tête, faisant gicler la cervelle qui avait conçu tous ces délires.

Je me détournai. D'accord, j'avais laissé faire ça mais, dans le cas contraire, le Duck ne s'en serait jamais remis, alors voilà, je préférais qu'il flingue un mourant.

Ulrike, qui s'était penchée sur Watban Kazar affreusement brûlé, se releva.

— C'est fini. Il est mort en souriant et en disant quelque chose d'étrange.

— Qu'est-ce qu'il a dit ?... demandai-je.

— Quelque chose de bizarre comme : « M'âme Scarlett !... M'âme Scarlett : vous voilà enfin ! »

Hautes-Études s'était approché de la voiture blindée conduite par Brégégère puis, nous voyant arriver, il se précipita à notre rencontre.

— C'est pas beau, pas beau... J'aimerais mieux que vous ne les voyiez pas comme ça.

Primerose arriva en clopinant et en se massant douloureusement une épaule. Il me regarda droit dans les yeux.

— Patron, je pouvais pas faire autrement. Je leur ai dit mais il n'y avait rien à faire, ils voulaient rien entendre, surtout les jeunes. J'avais pas le choix, fallait que je saute, non ?

Je lui tapotai affectueusement la joue.

— T'as bien fait, Gros Père, s'ils t'avaient repassé, je l'aurais pas supporté.

Ulrike me demanda :

— Qu'est-ce qu'on fait ?

— On attend les flics. Ils ramasseront d'abord les

diamants, puis les corps. Et après ça, on pourra se casser.

— Oui, mais et après ?... Je ne veux pas rentrer chez moi !... Je ne veux pas me retrouver seule après tout ça !

Que répondre ?...

J'eus un geste vague et répondis :

— Demain ou après-demain, je t'accompagnerai gare de l'Est. Je t'aurai offert un gros bouquet de roses, des baccarats. Avec plein d'épines parce que, sans ça, ce ne serait pas nous, n'est-ce pas ? Tu sortiras un kleenex, alors on échangera le plus long baiser de toute ta vie, le plus ardent, pour tout ce que nous n'avons pas fait ensemble. Et puis tu redeviendras la chef de la police criminelle de Berlin, tu ne seras plus ma petite Prussienne en robe courte et bottes cavalières... Tu te souviendras de moi quelquefois quand tu verras une TR4, une Alfa Romeo rouge ou que tu iras dîner avec de beaux Fridolins blonds dans une pizzeria tenue par un Sicilien hargneux et solitaire, mais non dénué d'humour. Voilà. C'est comme ça, la vie, non ?

— Je ne sais plus ce que c'est, la vie... Mais toi, que vas-tu faire ?

— Ben, tu t'en doutes... J'irai chercher la nouvelle Alfa que l'État va m'offrir. Je vais fuir Huguette et son jazz-band de cauchemar. Je me cacherai dans les chiottes pour échapper aux journalistes. Je regarderai la hiérarchie passer à la télé et, l'air de rien, nous piquer nos lauriers. Je battrai le rappel de ma petite famille éparpillée dans tous les coins mais, comme ils ne seront pas là avant demain et que ma dernière vraie cuite remonte à 1986, je vais consciencieusement me bourrer la gueule à la grappa en buvant à la santé des trois fantômes que tu sais... Ulrike, mes amis sont morts. Et, côté statistiques, parce qu'il y aura bien un salaud pour en parler, hors toi et moi, j'ai perdu 50 % de mes effectifs : ça fera bander le directeur mais, pour ce qui me concerne, ça me brise le cœur.

Émue, elle égratigna la syntaxe. Un signe qui ne trompe pas, chez elle.

— On pourrait se la bourrer la gueule à deux, comme tu le dis, tu ne le crois pas ça ?

Le Duck, Hautes-Études et Primerose qui avaient écouté, protestèrent :

— Et pourquoi pas à cinq, patron ?... On fait mettre un bandage à l'épaule du gros et vogue la galère-citerne pleine à ras bord de grappa, non ?

Hautes-Études, le seul qui me tutoyait, approuva.

— T'es pas sympa, Padovani !... Nous aussi on a des trucs à oublier et des morts dont on veut se souvenir... Et puis se séparer maintenant, ce serait trop dur.

— Et ça redonne une chance à Ulrike !... murmura le Duck à l'oreille de Primerose.

— Entendu !... Mais pas dans un restau où l'on a été avec eux !... Pas ça, c'est au-dessus de mes forces ! Mettez-vous d'accord.

J'allumai une Camel et m'éloignai de quelques pas. Je crevais de froid. Et j'en avais plus que marre de la Brigade criminelle où, depuis 1975, je perdais tant d'amis. Marre du boulot, marre de la peur qui me nouait les tripes, marre de la mort qui m'étranglait tout doucement l'âme. Et surtout marre de moi parce que bon, j'en jette comme ça, mais je ne suis pas si fort, et même pas fort du tout !

J'avais de nouveau mal à la tête. Je fouillai dans

ma poche et sortis un tube d'Efferalgan puis je croquai sans eau un cachet effervescent. L'expérience, quoique nouvelle, ne me redonna pas vraiment goût à la vie...

J'étais terrorisé par la perspective de ce restau, de ce que nous allions dire. De nos silences.

Et j'avais peur d'Ulrike qui allait se refaire une beauté. Peur de ses grands yeux, ses longues jambes, sa croupe ferme et tentante, son côté jolie paysanne de Poméranie, ses jupes un peu courtes, ses bottes cavalières, ses collants noirs et, dessous, son adorable petite culotte blanche. J'avais été héroïque jusqu'au bout et pensais le demeurer mais, ce soir, ce serait un combat difficile, elle était tellement rassurante, j'étais si vulnérable, j'avais un si pressent besoin d'étouffer une femme dans mes bras et qu'en retour elle me serre très fort...

Sur l'autoroute, un long convoi de CRS arrivait. Il roulait à contresens, sur le tronçon coupé à la circulation jusqu'à notre hauteur.

Il neigeait toujours. Et même de plus en plus fort.

C'est pas si mal, la neige, ça a tôt fait de recouvrir le sang, c'est comme du Tipex sur cette grosse connerie qu'est la mort.

Enfin, je crois qu'on peut voir les choses de cette façon-là, non ?

FIN.

Lieu-dit Cormenier, Parzac, Charente.
Ce 26 juillet 2003.

Cas de conscience

Mort, mode d'emploi
Simon Kernick

Dennis Milnes, inspecteur-chef de la police londonienne, arbore une double casquette : flic, il s'offre aussi des extras en tant que tueur à gages. Le principe, c'est de ne jamais enfreindre ses propres règles, et de rester en accord avec soi-même… Mais en découvrant que ses dernières cibles n'étaient que d'honnêtes citoyens, Dennis se laisse peu à peu gagner par le doute. Chargé d'enquêter sur l'assassinat d'une jeune prostituée, il va se faire un devoir de coincer le meurtrier…

(Pocket n° 12471)

Quarante mots pour la neige

Giles Blunt

Ontario, Canada, au cœur de l'hiver. Près d'Algonquin Bay, on vient de retrouver, pris dans la glace, le cadavre d'une jeune fille de treize ans, disparue depuis des mois. L'inspecteur John Cardinal ne croit pas à l'hypothèse de la fugue : pour lui, il s'agit d'un enlèvement… Bientôt, d'autres adolescents disparaissent et les indices ne laissent plus place au doute. Cardinal est bien en présence d'un redoutable serial killer…

(Pocket n° 12173)

Reptile pervers

La mue du serpent

T. Jefferson Parker

Comté d'Orange, Californie. Un dangereux pédophile se faisant appeler Horridus, nom scientifique du crotale, sème la terreur en multipliant les enlèvements de fillettes qu'il relâche quelques jours plus tard, physiquement intactes mais complètement traumatisées.
Terry Naughton, flic spécialisé dans la traque des pervers s'attaquant aux enfants, sait qu'il n'a que peu de jours pour agir avant qu'Horridus ne se mette à tuer…

(Pocket n° 11831)

Achevé d'imprimer sur les presses de

BUSSIÈRE

GROUPE CPI

à Saint-Amand-Montrond (Cher)
en août 2005

POCKET - 12, avenue d'Italie - 75627 Paris Cedex 13
Tél. : 01-44-16-05-00

— N° d'imp. : 52120. —
Dépôt légal : septembre 2005.

Imprimé en France